Allitera Verlag

edition monacensia
Herausgeber: Monacensia
Literaturarchiv und Bibliothek
Dr. Elisabeth Tworek

Von Lena Christ sind in der *edition monacensia* bisher erschienen:

Mathias Bichler. Roman
Lausdirndlgeschichten. Erzählungen
Madam Bäuerin. Roman

Lena Christ

Liebesgeschichten

Mit einem Nachwort von Asta Scheib

Allitera Verlag

Weitere Informationen über den Verlag und sein Programm unter:
www.allitera.de

Dieses Buch enthält Texte aus den bekanntesten Werken Lena Christs. Die Auszüge »Brautschau«, »Fensterln am Hof«, »Alte Liebe rostet nicht«, »Welt der Wunder« und »Liebe versetzt Berge« wurden nur hier mit diesen Namen versehen – ursprünglich sind sie Teil einer durchgehenden Romanhandlung.

Juli 2012
Allitera Verlag
Ein Books on Demand-Verlag der Buch&media GmbH, München
© 2012 für diese Ausgabe: Landeshauptstadt München/Kulturreferat
Münchner Stadtbibliothek
Monacensia Literaturarchiv und Bibliothek
Leitung: Dr. Elisabeth Tworek
und Buch&media GmbH, München
Lektorat: Heidi Keller
Umschlaggestaltung: Kay Fretwurst, Spreeau,
unter Verwendung einer Zeichnung von August Günther
Herstellung: Books on Demand GmbH, Norderstedt
Printed in Germany · ISBN 978-3-86906-309-6

Inhalt

Brautschau 7

Lieb und Tod 15

Fensterln am Hof 19

Die Scheidung 23

Die Hochzeiterinnen 27

Alte Liebe rostet nicht 31

Welt der Wunder 34

Liebe versetzt Berge 36

Nachwort 84

Inhalt der Werke 86

Brautschau

Inzwischen war ich eine ganz stattliche Dirn geworden und betrachtete gar manches Mal mein Spiegelbild mit geheimem Wohlgefallen. Meine Mutter hatte mir für den Sommer eigene Wirtschaftskleider aus feinem, blauem Mousseline anfertigen lassen, und da ich selbst viel auf einen guten Anzug hielt, hatte ich bei der Schneiderin Matrosenform mit weißen Batistkrägen und kurzen Ärmeln bestellt. Dazu trug ich weiße Spitzenschürzen, darüber eine weite Leinenschürze zur Küchenarbeit und um den Hals eine Kette aus Korallen. Mein reiches, blondes Haar hatte ich zierlich geflochten und als Krone aufgesteckt; in die Stirn hingen ein paar natürlich aussehende, wirre Löckchen, die ich jedoch jeden Abend mittels einer Haarnadel kunstvoll wickelte. Außerdem trug ich nur Lackschuhe; denn mein Stiefvater besorgte mir deren alle Vierteljahr ein Paar bei einem alten Schuhmacher, dem Revolutionsschuster, so genannt, weil er als übereifriger Anhänger des Anarchismus alle Tage aufs neue für die allernächste Zeit den Ausbruch der grimmigen Revolution und eines Bürgerkrieges prophezeite, so daß ich glaube, der Vater kaufte die vielen Schuhe nur, um zu verhindern, daß die Revolution in seinem Lokale ausbräche.

Doch hätte mein Vater dies nicht so zu befürchten gehabt wie den Ausbruch eines Freierkrieges; denn meine muntere, geschäftige Natur in Verbindung mit der lockenden Aussicht auf eine ansehnliche Mitgift hatte nicht nur die Herzen etlicher junger Bürgerssöhne betört, sondern auch bei ein paar betagteren Leuten einiges Unheil angerichtet.

Da war erstlich ein etwa fünfundzwanzigjähriger, bildsauberer Drechsler aus Traunstein, der Ehrenthaler Franzl. [...] Dann war ein alter Briefträger, der Barmbichler Xaver, dem das Stiegensteigen nicht mehr recht gefiel und den auch das Zipperlein schon in allen Gliedern zwickte; der wollte sich jetzt pensionieren lassen und dann mit mir und meinem Heiratsgut ein beschauliches Leben führen, auf das ich aber verzichtete und mir einen andern

Bewerber, den etwa vierundzwanzigjährigen Bräumeisterssohn Aloys Kapfer, etwas genauer ansah. Da fand ich, daß er trank, viel trank [...] und meinte, es sei besser, mich um einen einfachen Handwerksmeister umzuschauen. Der war auch da in Gestalt eines dreißigjährigen Schlossermeisters aus meinem Heimatdorf; es war der Schwaiger Lenz, ein Vetter vom Schlosserflorian. Er hatte vor einem Vierteljahr seine Frau verloren und wollte mich als sein riegelsames Weib und als liebe Mutter für seine verwaisten drei Kinder heimholen. [...]

Nun trat dessen Nachbar, der Schneidermeisterssohn Kaspar Zintl, mehr ins Licht und meinte, er wolle mit mir nach Paris und London reisen, wenn ich seine Frau würde, und wolle mir die ganze weite Welt zeigen. [...] Konnte mich aber nicht dazu entschließen und bedachte lieber den Antrag des Prucker Toni, eines stattlichen Hausbesitzerssohnes aus der Nachbarschaft, der es trotz seiner jungen Jahre schon bis zum Eisenbahnexpeditor gebracht hatte. Da er aber ebenso grob als energisch war, fürchtete ich, nichts zu gewinnen, wenn ich das Haus meiner Mutter mit dem seinen vertauschte. Da gefiel mir der sanfte und allzeit zuvorkommende dreißigjährige Hausbesitzer Hans Wipplinger, der sich leidenschaftlich um meine Hand bewarb, schon besser. [...]

Als der bereits sechzigjährige Realitätenbesitzer und Tändler Simon Lampl hörte, daß ich diesen Antrag ausgeschlagen hatte, erschien er eines Tages in einem altmodischen, grünschillernden Gehrock und Zylinderhut, um den Hals eine riesige, ehedem weiße Binde und im Knopfloch die Ehrenzeichen des Feldzuges von 1870, und hielt feierlich um meine Hand an. [...]

Aufgemuntert durch meine abschlägige Antwort auf den Antrag dieses Alten wagte noch am selben Abend der blutjunge Hafnermeister Edmund Sack, dem kurz nacheinander Vater und Mutter gestorben waren, mir in einem anschaulichen Brief Herz und Hand anzubieten; doch kannte ich ihn viel zu wenig, um ihm meine Zukunft anzuvertrauen, und dann hatte ich eine ausgesprochene Abneigung gegen diese Loahmpatzer, die Ofensetzer. Da war das edle Handwerk der Bäcker doch appetitlicher, und ich hörte ganz erbaut auf die salbungsvollen Worte des achtundfünfzigjährigen Feinbäckers und Melbers Kanisius Dumler, mit denen er mich zur Herrin über sein Haus und seine Guglhopfe und Zuckerbretzln erkiesen wollte. [...] Doch besaß er einen schon zwanzigjährigen

Sohn, der eben seine Militärzeit als Freiwilliger abdiente. Dieser Sohn aber, der Ferdl, ein fescher Bursch und großer Tunichtgut, war nun die Ursache, daß ich dem Alten meine Hand versagte; denn ich sah den Jungen nicht ungern. Von seiner Ausgelassenheit und den übermütigen Streichen, die man ihm nachsagte, konnte ich nichts bemerken; vielmehr war er immer der bescheidenste unter meinen Freiern geblieben. Stundenlang saß er da und starrte mich wortlos und wie in Verzückung an, trank dabei seine zwölf bis fünfzehn Glas Bier und schien außer mir nichts mehr zu hören und zu sehen. Ja, er übersah und überhörte regelmäßig die Stunde, da er in der Kaserne hätte eintreffen sollen; und so kam es, daß er eine Arreststrafe um die andere meinethalben abzubüßen hatte. Schließlich bekam er eine ganze Woche Mittelarrest zudiktiert, und während er in der Kaserne brummte, fuhr eines Abends, da ich eben in der Schenke beschäftigt war, vor unserm Hause ein Wagen vor, dem ein sehr sorgfältig gekleideter junger Mann, mit einem großen Strauß Veilchen in der Hand, entstieg. Er trat in die Wirtsküche, und ehe ich mich noch von meinem Erstaunen erholt hatte, hörte ich schon die Mutter in die Gaststube rufen: »Josef, geh, komm a bißl raus!«, worauf die drei eifrig miteinander verhandelten.

Nach einer Weile kam der Vater zu mir in die Schenke und sagte unter öfterem Räuspern: »Was i sagn will, Leni, der Hasler Benno is draußn und hat g'sagt, daß er di heiratn möcht; du sollst dein Ausspruch toa, wiast g'sonna bist. Jatz, vo mir aus ko'st es macha, wiast magst; i red dir nix ei und rat dir net ab!«

Ich zählte noch die eben begonnene Rolle Geldes fertig, rechnete mit der Kellnerin ab und schenkte noch etliche Glas Bier ein, mich sorglich zusammennehmend, daß die Hand nicht zittere oder sonst eine Bewegung über mich Herr würde. Dann ging ich, ohne dem Vater zu antworten, in die Küche, wo der stattliche Bewerber sich sehr lebhaft mit der Mutter unterhielt. Als er mich sah, sprang er von seinem Sitz, einem rohen, blankgescheuerten Holzstuhl, auf, reichte mir die Hand und begann: »Liabs Fräuln Leni, ich hab Sie lang beobacht und hab g'funden, daß bloß Sie mi glücklich machen können. Wenn's Ihnen also recht ist, heiraten wir; Ihre Eltern haben mich nicht abgewiesen.«

Da ich nichts darauf erwiderte, fuhr er fort, indem er mir den Strauß gab: »Ich mein's ehrlich mit Ihnen, Fräuln Leni; ich hab's nicht nötig, nach Geld zu schauen, ich heirat aus Liebe. Nehmen S' halt meine Lieb auch freundlich an, wie die Blümerl, und sagen S' ja!«

Bei diesen letzten Worten hatte er mich wieder an der Hand gefaßt und sah mich bittend an; dennoch antwortete ich zögernd und leise nur: »I will ma's überlegn; dös ko ma net so auf'n Augenblick sagn, ob ma oan gern habn ko oder net!«

»Ja, bedenken Sie's noch, liebs Lenerl; Sie brauchn's nicht zu bereuen! Ich bin der einzige Sohn, erb einmal das Haus mitsamt dem ganzen Holzg'schäft und vorläufig hab ich mein gutes Einkommen als Prokurist des alten, feinen Hauses Protus Stuhlberger. Wenn Sie sich b'sonnen haben und einschlagen wollen in mei Hand, so können wir bald Hochzeit machen!«

Meine Mutter hatte schon während der Rede des Freiers wiederholt das Taschentuch an die Augen gedrückt und sich umständlich geschneuzt; jetzt aber zog sie mich laut aufschluchzend an ihre Brust und rief aus: »So a Glück, ha, so a Glück! I gunn dir's von Herzn, Deandl; bist ja so a richtigs und ordentlichs Madl und konnst'n glückli macha, den liabn Herrn Hasler!«

Dann schob sie mich von sich und drückte mich ganz fest an die Schulter des freudig Überraschten, der sofort die Arme ausbreitete und mich zärtlich umfing. Dann bedankte er sich noch mit wohlgesetzten Worten bei der Mutter und trat in die Gaststube, die Verlobung bei einer Flasche Wein zu feiern. [...]

Inzwischen waren immer noch mehr Gäste gekommen und der Andrang so groß geworden, daß die Leute in dem großen Hausgang Tische und Stühle aufstellten und etliche sogar auf der Stiege sich niederließen. Es war fürchterlich heiß und ein solcher Lärm im Lokal, daß ich es kaum noch aushielt. Ich trank in der Hitze viel Champagner und nickte nur mechanisch denen zu, die kamen, mich zu begrüßen und zu beglückwünschen. Dabei ward mir immer elender zumut, und mit einem Male drehte sich alles vor meinen Augen, und ich fiel unter den Stuhl. Man brachte mich hinaus in den Hof, wo ich alles, was man mir zur Hilfe reichen wollte, von mir warf: ein Glas mit Magenbitter, eine Tasse voll schwarzen Kaffees und ein Stück Zucker mit Hoffmannstropfen. Dann entledigte ich mich noch alles dessen, was meinem Magen zu viel schien, und verlangte schließlich unter furchtbarem Weinen ins Bett. [...]

Ich packte nun meine Hochzeitsgeschenke alle auf einen Haufen zusammen, [...] nahm alle Blumen, die man mir am Morgen gegeben hatte, und sagte den Verwandten und Bekannten Dank für ihr Kommen und verabschiedete mich von allen. [...]
Derweilen kam der Benno mit dem Wagen, und nach nochmaligem, umständlichem Abschied von meinen Eltern [...] fuhren wir drei fort.

In unserer Wohnung angekommen, gab es sogleich eine kleine Auseinandersetzung der Frau Hasler mit ihrem Sohn; denn während er alle Lichter anzündete, die er fand, schürte sie rasch den Ofen des Wohnzimmers an und begann dann, mir den Schleier und Kranz abzunehmen. Sie war fast damit fertig und ich mittlerweile auf dem Stuhl beinah eingeschlafen, während sie mit halblauter Stimme mir allerhand freundliche, gütige Worte sagte, als mein Mann dazukam und rief: »Was fällt dir denn ei, Muatta! Dös is mei Arbat, mei Frau ausz'ziagn!«

»Schrei net so grob, du Wüaster! Dei alte Muatta werd wohl so viel Ehr wert sei, daß s' ihrana Schwiegertochter beim Ausziagn helfn derf!«

»Naa, sag i, dös leid i net!« schrie da der Benno und entriß ihr den Brautkranz, den sie mir eben vom Kopf genommen hatte. »I ziag mei Frau scho selber aus, und überhaupts hast du jatz nix mehr z' tuan da herobn; i brauch di nimma!«

Da begann die alte Frau bitter zu weinen über die Grobheit ihres Sohnes und sank fassungslos auf einen Sessel. Ich empfand tiefes Mitleid mit ihr und nahm ihren Kopf in meine Hände und sagte: »Sei do stad, Muatterl! Der Benno moant's net a so; der hat halt heunt an Rausch!«

Aber sie war nicht zu trösten: »Wie werd's dir geh, arms Kind, bei dem Rüapel!« rief sie aus und sprang dann plötzlich auf und stellte sich mit funkelnden Augen vor meinen Gatten: »Dös sag i dir: daß d' ma s' schonst, dei Frau; sonst, bei Gott, is g'fehlt, wannst es machst wia ...!«

Mitten im Satz brach sie ab und trat zur Seite, doch hatte das Ganze einen tiefen Eindruck auf mich gemacht, und ich ging nochmals zu ihr hin und sagte: »Muatterl, reg di net auf! Mach mir mein Rock auf, und nachher tuast schlaffa geh. I komm morgn früah scho nunter zu dir, gel!«

Dann gab ich ihr noch einen Kuß, und nachdem sie mir das Kleid geöffnet hatte, ging sie, ohne dem Benno noch eine gute Nacht zu wünschen.

Ich zog mich schnell vollends aus und schlüpfte, während mein Mann überall herumlief und sich an unserm Eigentum erfreute, ins Bett.

Und ich war schon eingeschlafen, als er kam, und am andern Morgen, als ich aufstand, war ich nicht mehr das frische, sorglose Mädchen, und der Spiegel zeigte mir ein müdes, fremdes Gesicht.

So hatte ich denn den ersten Schritt in das Leben getan, das mir noch so übel geraten sollte. [...]

So war es Pfingsten geworden, und ich begann seit etlichen Tagen auf ein geheimnisvolles Etwas in mir zu horchen. Oft saß ich ganz still und hielt den Atem an, um es zu spüren und in innerster Seele zu hören.

Und eines Tages, es war um Johanni, vertraute ich es meinem Gatten an, indem Tränen der Freude mir in die Augen traten.

Da sprang er auf, riß mich in der Stube herum und rief:»Was sagst, Weibi, rührn tuat si der Bua scho! Ja, Herrgott, dös muaß aber g'feiert wer'n! Ziag di o, na führ i di in Löw'nbräukeller! Ja, Herrgott, wer'n dö schaugn am Stammtisch!«

»Geh, bleib do dahoam, Benno«, meinte ich und fuhr fort: »Schau, dahoam is so was vui schöner und g'müatlicher z'feiern! I hätt di so gern für mi alloa ghabt und geh gar net gern furt. Geh, bleib dahoam!«

Aber, wie immer, so kam es auch dieses Mal: Erst ging es ans Bitten, dann ans Streiten, und am End mußte ich, wenn ich nicht einer Mißhandlung gewärtig sein wollte, zu allem ja sagen, mich ankleiden und mitgehen.

Am Stammtisch saßen schon die Freunde: etliche Sergeanten des Regiments, bei dem der Benno gedient hatte, und die er sich durch manchen bezahlten Rausch wohl gewogen gemacht hatte; ferner ein paar Buchhalter seines Geschäfts und etliche Leute, von denen man nicht recht wußte, wovon sie lebten und wessen Geld sie verjubelten.

In diese Gemeinde nun schleppte mich mein Gatte und rief, als wir an den Tisch getreten waren:»Servus, meine Freund! Heunt leidt's an Rausch, heunt hat der Bua sein erschten Hupfa g'macht!«

Einer der Sergeanten hatte sich bei unserm Kommen erhoben

und war zu uns getreten. Und während die andern nun in ihrer gewöhnlichen Art die Anrede meines Mannes belachten, faßte er mich mit der Linken an der Schulter; mit der Rechten aber fuhr er über meinen Leib und meinte: »Schau, schau! Schö dick werd's scho, d'Haslerin! Hat's enk denn scho gar so pressiert, daß im erscht'n Jahr no d'Kindstaaf sei muaß?«

Ich stand wie mit Blut übergossen, und die Stimme versagte mir, dem frechen Schwätzer zu antworten. Tränen rannen mir über die Wangen, und ich bat den Benno um die Hausschlüssel, daß ich heim könne, da ich krank sei.

»So, so, krank is mei g'schmerzte Frau Gemahlin! Bleib nur schö da; dös werd scho wieder vergeh bei der Musi!«

Und fest drückte er mich auf einen Stuhl und begann dann eifrig zu schwatzen und zu trinken; und obschon etliche gemeint hatten, sie wollten mich nach Hause bringen, ließ er dies nicht geschehen, sondern sagte: »Dö soll dableibn! So vui muaß ma aushaltn könna! Was taten denn andere Weiber, dö wo arbatn müssn ums Tagloh'!«

Erst lange nach Mitternacht kamen wir heim, nachdem mein Mann mich noch in ein Kaffeehaus und danach zum Wein geführt und auch die andern dazu eingeladen hatte.

Von da ab unterwarf ich mich seinem Willen, ohne zu bitten, und hoffte, daß alles ein Ende hätte, wenn erst das Kind geboren wäre. [...]

Kurz nach sechs Uhr kam der Benno allein heim und verlangte sogleich mit groben Worten zu essen. Ich machte ihm Vorwürfe, daß er mich umsonst mit dem Kochen noch so geplagt hätte und daß meine Zeit da sei und ich niemand hätte, der mir beistehe. Mit rohen Schimpfworten verbat er sich mein Gejammer und verlangte Wein, obschon er stark betrunken war. Ich gab ihm eine Flasche; denn ich fürchtete ihn sehr in solchen Rauschzuständen. Dann ging ich in die Schlafstube, wo der Kleine eben wieder zu husten begann. Ich hob ihn auf und wickelte ihn frisch ein, wobei mein Körper von heftigen Wehen erschüttert wurde. Da bekam der arme Bub einen der furchtbaren Anfälle, und ich glaubte, er müsse ersticken; doch ging es vorüber, und ermattet lag er nun in meinem Arm. Ich bettete ihn wieder in die Wiege und ging hinaus zum Benno, ihm über das Kind zu berichten. Er hörte teilnahmslos zu und sagte dann kurz: »I geh auf d'Nacht no furt!«

Ich erwiderte nichts und wollte den Tisch abräumen, während er ein Päcklein unzüchtiger Photographien aus der Tasche zog und betrachtete. Plötzlich suchte er mich in erwachendem Begehren zu sich auf das Sofa zu ziehen. Unsanft stieß ich ihn von mir weg und verwies ihm seine Unvernunft.

In dem Augenblick hörte ich meinen Buben weinen und ging zu ihm an die Wiege und beugte mich über das Bettlein, ihn mit leisen Worten zu beruhigen.

Da fühle ich plötzlich von rückwärts wie eine eiserne Klammer einen Arm um meinen Leib und fühle, wie der Benno mich fest in das Bettlein drückt und sein Eherecht ausübt. Verzweifelt suche ich mich seiner zu erwehren, und es gelingt mir wirklich für den Augenblick. Da packt ihn eine rasende Wut, und unter den gröbsten Schmähungen zerrt er mich an den Haaren herum, wirft mich zu Boden, tritt sein eigen Fleisch und Blut mit Füßen und versucht, mich zu erwürgen.

Auf mein lautes Hilfegeschrei stürzen Leute aus den Nachbarswohnungen herbei, man sprengt die Tür, und alle fallen über den sich wie besessen Gebärdenden her.

Auch sein Vater kam, und es geschah nun etwas, was mich noch heute erstaunt: Der alte Hasler faßte seinen Sohn vor all den Nachbarn am Genick, setzte ihn auf einen Stuhl, gab ihm ein paar tüchtige Ohrfeigen und stieß ihn sodann mit großer Gewalt zur Tür hinaus. Dies alles tat er ohne ein Wort; dann aber kehrte er sich an die Anwesenden und fragte grollend: »Hat no wer was verlora da herinne?«, worauf sie alle verschwanden.

Nun trat er zu mir; ich lehnte erschöpft an meinem Bett und bat um die Hebamme. Ohne ein Wort ging er, und schon nach einer halben Stunde brachte er sie mit.

In derselben Nacht gebar ich ein Mädchen und lag danach an die sechs Wochen im Kindbettfieber.

Seit diesem Vorfall mußte sich mein Mann sein eheliches Recht stets erzwingen; denn ich hatte alle Zuneigung zu ihm verloren und fürchtete ihn sehr. Trotzdem wurde ich noch viermal Mutter während dieser Ehe.

Aus »Erinnerungen einer Überflüssigen«

Lieb und Tod

Die Zeit ging hin, und ich war unversehens so ein halb, dreiviertel Jahr im Haus der alten Irscherin gewesen und hatte dort vieles gesehen und auch gar manches gelernt, was mir nachmals im Leben nützlich und zur Wohlfahrt wurde; hatte auch eine innige und feste Zuneigung zur Jungfer Kathrein gefaßt und, obschon ich erst ein gut zwölfjähriges Bürschlein war, bei mir beschlossen, sie einmal zu ehelichen.

Das sagte ich ihr auch ganz frei, und sie lachte dazu und ließ mich gewähren, wenn ich sie stürmisch umschlang, ihr die roten Haare zauste oder sonst zärtliche Späße mit ihr trieb. Da hieß sie mich ihren närrischen Buben oder ein Nachtei, ein dummes, und, wenn ich es etwan gar zu unsinnig trieb, ihren tolpatscheten Ritter. Dazu gab sie mir einen zärtlichen Backenstreich und zuweilen wohl auch einen Kuß.

Meine Liebe für sie wurde immer heftiger, und ich erschrak bei dem Gedanken, daß ich nun doch bald von ihr scheiden müsse und wieder zurückkehren zur Weidhoferin.

Und da nun der Knecht meiner Ziehmutter wirklich kam und mich holen wollte, lief ich, kaum ich ihn von weitem gesehen hatte, davon und in die Kammer der Jungfer. Dort verkroch ich mich unter ihre Bettstatt und ließ mich nicht mehr blicken, bis das Kathreinl spät am Abend hineinkam und ich sie weinen hörte. Da kroch ich eilig hervor und fragte sie: »Was weinst du denn, Kathrein?«

Sie erschrak heftig und wollte davon; doch ich sprang auf sie zu, umschlang sie und bat sie flehentlich zu bleiben. Nun erst erkannte sie mich und rief »Mathiasle! O du Ludersbub, du schlechter! 's ganze Haus, alles hab ich um dich abgesucht! Die Mutter ist noch draußen im Holz und schaut und schreit nach dir, und sie meint, du bist wieder in die Klauen von dem Unhold gefallen, der dich selbigsmal in die Felsenschlucht gestoßen hat!«

Darnach seufzte sie und fuhr fort zu reden: »Ach, Bub! Jetzt ist's halt wieder vorbei! D' Weidhoferin hat geschickt, und du mußt heim! Jetzt bin ich halt wieder allein.«

Und sie begann aufs neue zu weinen und setzte sich aufs Bett und drückte die Schürze an die Augen.

Da sprang ich auf ihren Schoß, halste sie und streichelte sie und gab ihr die zärtlichsten Namen, um sie zu trösten. »Kathreinl!« bat ich; »sei doch wieder gut! Ich geh ja gar nicht fort! Ich bleib halt da bei dir und laß der Mutter sagen, daß mich du nimmer g'raten kannst!«

Und da sie mir nichts antwortete, küßte ich sie auf die Lippen, Augen und Wangen und geriet in eine solche Liebeshitze, daß ich selbst darüber verwundert war, ohne jedoch der Natur zu wehren. Vielmehr verstieg ich mich zu den tollsten Versprechungen: daß ich jeden totschlage, der mich von ihr wegbringen wolle, und daß ich, wenn es sein müßte, für sie die peinlichsten Martern leiden wolle.

Sie hörte schließlich auf zu weinen und wurde durch meine unsinnige Raserei ebenfalls munter und zärtlich und erwiderte am Ende meine Küsse und gab mir allerlei süße Namen und liebkoste mich zärtlich.

Der Kienspan, den sie aufgesteckt hatte, war abgebrannt, und sein letzter, glimmender Stumpf bog sich und sprang verlöschend ab, so daß wir im Dunkeln saßen. Da stieg ein seltsam heißes Gefühl in mir auf; ich spürte, daß meine Wangen wie mit Blut übergossen wurden, und fiebernd preßte ich meinen Mund auf den des Mädchens. Sie drückte mich fest an sich, ihre Brust hob sich stürmisch; plötzlich seufzte sie tief auf, schob mich von sich und sagte mit fremder, rauher Stimme: »Geh jetzt, Bub, geh jetzt!«

Wieder, wie damals in der Kapelle der Mutter Gottes, als mich der Bauer zurechtgewiesen, packte mich ein Gefühl, als hätte mich jemand aus einem schönen Himmel gerissen, eine große Übelkeit bemächtigte sich meiner, und ich lief ohne ein Wort hinaus aus der Kammer und vor das Haus.

Da saß die alte Irschermutter auf der Hausbank, hielt ihren Krückenstock zwischen den Händen und stieß damit von Zeit zu Zeit auf den Boden.

Ich rief sie an; da wandte sie langsam den Kopf und sagte: »Da bist du ja, du Dunnersbursch! Wo steckst denn alleweil?«

Ich tat, als überhörte ich ihre Frage, wies auf die schwarzen Wetterwolken am Himmel und sagte: »Kommt ins Bett, Mutter! Ein Wetter steigt auf!«

Dann lief ich in meine Kammer und legte mich zu Bett, ohne eine Spur von Schlaf zu fühlen. In meinem Kopf sauste und hämmerte es, und in den Gliedern empfand ich eine seltsame Schwere. Meine Gedanken weilten bei der Kathrein, und ich versuchte, mir ihr Gebaren zu erklären, daß sie mich plötzlich so rauh von sich gewiesen hatte.

Da begann es zu blitzen und zu krachen, und ein furchtbares Gewitter tobte daher. Der Sturm heulte und pfiff ums Haus vom Wald herüber, und Regen und Hagel schlug an die Fenster.

Ich hörte draußen die Irscherin den Riegel der Haustür stoßen und sah sie beim Aufleuchten eines Blitzes an den Fenstern meiner Kammer vorübergehen.

Gleich darauf öffnete sich die Tür, und das Kathreinl kam herein und sagte: »Mathiasle, laß mich zu dir kommen; es tut grauslich draußen, und ich fürcht mich.«

Ein bläulicher Blitz flammte auf, und ich sah das Mädchen im dünnen Nachtgewand und mit offenen Haaren vor mir. Ein leichtes Tuch hatte sie um die Schultern gelegt und hielt es mit beiden Händen vorn über der Brust zusammen.

»Setz dich zu mir her«, bat ich und rückte zur Seite, während das Haus erbebte vor dem Donnerschlag.

»Heiligs Kreuz«, rief sie und bekreuzte sich; »jetzt hat's eingschlagen!«

Und sie lehnte sich fröstelnd an mich. »Die Mutter ist noch fort«, sagte sie dann, »sie ist so eigen; wenn es draußen am ärgsten tut, dann geht sie ums Haus und schwingt die Sichel und läßt kein verständiges Wort mit sich reden ...«

Wir fuhren beide zusammen: ein grelles, blaues Leuchten ging durch die Kammer und zugleich tat es einen Krach, daß wir uns umschlangen.

Bebend kroch das Kathreinl zu mir ins Bett und drückte ihren Kopf fest an meine Schulter, daß sie nichts mehr sah, während sie flüsterte: »Gfehlt is's! Das wird's End!«

Ich bettete sie aufs Kissen, schob meinen Arm unter dasselbe und legte mich ganz nahe neben sie. Da schlang sie ihre Hände um meinen Hals, und wir hielten uns ganz still.

Das Wetter entfernte sich, und der Sturm ließ nach; nur der Regen fiel noch und sammelte sich in der Dachrinne und plätscherte vor dem Fenster in das Faß nieder, das die Irschermutter aufgestellt hatte, um in dem Regenwasser die Wäsche zu waschen.

Das Kathreinl war an meinem Hals eingeschlafen und ihre Hände lösten sich langsam und fielen herab.

Ich zog leise meinen Arm unter ihrem Haupt weg, nahm ihre Hände in die meinen und schlief am End gleichfalls ein. Brummend schlug die Uhr eben vier, als ich erwachte und mich einen Augenblick besinnen mußte, ehe ich Traum und Wirklichkeit voneinander scheiden konnte; denn ich hatte im Schlaf das Kathreinl weit fortgeführt in ein hohes Haus und hatte dort Hochzeit gemacht mit ihr. Da war die Irschermutter gekommen und hatte die Sichel geschwungen und geflucht, und im selben Augenblick stürzte das ganze Haus über uns zusammen.

Nun sah ich das Mädchen schlafend neben mir, und ich besann mich auf den Abend und die Nacht. Ein ruhiges Glücksempfinden überkam mich, und ich betrachtete mit großer Lust das feine Gesicht, die halboffenen Lippen und die langsam auf- und niedergehende Brust.

Endlich rührte sie sich; ihr Kopf wühlte sich unruhig ins Kissen, ihre Hände fuhren etlichemal im Gesicht und auf der Brust herum, sie tat einen Seufzer und öffnete die Augen. Da sie mich erblickte, schloß sie dieselben wieder, rieb sich mit beiden Fäusten den Schlaf daraus und öffnete sie weit, indem sie sich aufrichtete.

»Kathreinl!« sagte ich und küßte sie.

Aber sie war ganz traurig und meinte: »Ach weh! Jetzt hab ich wohl kein Glück mehr! Ach, Mathiasl! Jetzt ist's Jungfernkrönl weg und dahin!«

Und sie weinte leise.

Da sagte ich: »Sei still und klag nicht! Mir deucht, es liegt noch in deiner Kammer drüben! Bei mir ist's nit!«

Dann suchte ich scheinbar eifrig in meinem Bett, während sie, wieder lächelnd, langsam aufstand und hinauslief.

Nun hielt es mich nimmer auf meinem Lager, und ich erhob mich und machte mich zurecht. Dann trat ich hinaus auf den Flöz und wollte den Riegel der Haustür öffnen, um hinauszugehen; doch die Tür war nicht verschlossen, und der Schlüssel steckte nicht, wie sonst, am Schloß.

Ich ging verwundert hinaus vors Haus; doch mit einem Schrei fuhr ich zurück: die Irschermutter lag tot auf der Erde – erschlagen vom Blitz.

Aus »Mathias Bichler«

Fensterln am Hof

Der Hauser von Öd und der Meßmer von Reuth gehen zusammen. Sie sind so mittendrin in der Schlacht von Sedan anno siebzig und warten einander mit so viel Erlebnissen und Trümpfen auf, daß an ein Fertigwerden nicht zu denken ist. Ganz unversehens stehen sie plötzlich vor der Kirche zu Niklasreuth. »Ja, Herrschaft! Mir san ja scho da!« sagt der Meßmer verwundert, »mir san ja scho dahoam!« Da reißts den Hauser. »Dahoam!« ruft er; »dees glaab i! Du bist freili dahoam! Aber i! Himmeseitn! Jetz derf i den ganzen Weg no amal geh! A so a Viecherei! Renn i mit auf Reuth und sollt auf Öd!« – Er hört gar nimmer auf die Trostreden des Meßmers; brummend und mit sich selber hadernd geht er zurück, den Kopf tief zwischen die Schultern gesteckt, die Arme etwas nach rückwärts gestreckt, bald über den einen Fuß stolpernd, bald über den andern. »Herrschaftseiten!« brummt er für sich selber; »heunt glaab i gar, hab i an kloan Wurf! Heunt hat er scho glei wieder a so a guats Gsüff gehabt, daß 's ganz aus is! Zu an Krüppi kunntst di saufa! ... Aber die Alt! Sakra, die Alt werd grohna! Heunt werd s' scho richti zwider sein, bal s' mir aufriegeln muaß! Am liabsten tat i gar nixen sagn dazu! ...« Unter solchen Betrachtungen und Erwägungen stiefelt er gemach seinen Weg dahin, braucht die ganze breite Straße, rumpelt wohl auch einmal an einen Zaun oder Baum an, und steht doch zu guter Letzt ganz munter vor seinem Hauserhof.

Da setzt er sich eine Weile auf die Hausbank und überlegt: Sollst klopfen, oder pfeifen, oder still sein? Und bedenkt: Jetzt schlaft sie, die Rosina, und du weckst si auf; und wegen eines Ochsen hast auch nicht geschaut und gefragt und zu viel aufgelegt hast auch. Und ist also schließlich so weit, daß er halblaut für sich hinmurmelt: »Naa, klopfa tuast ihr net, der Rosina. Schaugst liaber, daß di d' Hanni einlaßt.« Damit hat er auch schon eine Leiter aus der Schupfe genommen und lehnt sie unters Kammerfenster der Hanni. Schwitzend steigt er hinauf. Die eine Scheibe ist nur angelehnt. Der volle Mondschein wirft seinen Schatten in die Kammer der Dirn. Die liegt fest schlafend, die Arme überm Kopf verschlungen, auf ihrer Lagerstatt. Der Hauser öffnet leise die Scheibe und starrt auf das Maidl. Und mittendrin fährt ihm das Wort »Kammerfensterln« durchs Hirn; ganz gähend, daß es ihm die Hitze in den Kopf treibt. Ein Gedenken an weit hinten liegende, junge Jahre kommt über ihn. Kammerfensterln!

Die Hanni wird unruhig. Sie wirft den Kopf herum, daß ihr die kohlschwarzen wirren Haare ins Gesicht hängen, läßt die Arme auf die Zudeck fallen und kehrt sich danach aufschnaufend auf die Seite. Der Hauser steht starr wie ein Wandheiliger; ein ganz seltsames Gefühl überkommt ihn und preßt ihm mittendrin den heiseren Ruf: »Hanni!« heraus. »Hanni!« flüstert er wieder. Das Maidl fährt in die Höhe. »Was gibt's?« Der Hauser beugt sich weit hinein in die Kammer. »Hanni! I bins, der Hauser! Der Bauer! Außagsparrt ham s' mi! Magst mi net einlassen?« Die Hanni sitzt erschrocken und schlaftrunken aufrecht im Bett und reibt sich die Augen. »Was? Du bist es, Hauser?« – »Ja, i bins. Durchlassen sollst mi durch dei Kammer!« Allmählich begreift sie. »Ja so! Du hast d' Uhr nimmer kennt!« sagt sie in ihrer Art, »und jetz muaßt di vor dein Nachtwachter fürchten! – Mei, wannst moanst, daß d' durch den Türstock leichter aufn Strohsack kimmst, als wia anderscht, nachher geh nur durch. Vo mir werd neamd nix inne!« Der Hauser muß lachen. »Du bist es ja scho gwohnt 's Staadsein!« sagt er, indem er sich mühsam durch den Fensterstock zwängt. »Is ja der ander aa leicht öfters auf dem Weg hoamganga, – der Bua!«

Die Hanni ist um die Antwort verlegen. Aber es fährt ihr durch den Sinn, daß sie ja mit dem Alten reden wollte, wegen des Simmerls. Ob nicht jetzt eine glückhafte Stund wär zu dem Anheben? Sie tut geschämig. »Ja no ... i hab 'hn aa net aufhalte kinna!« sagt sie. »I konn ja di aa net aufhalten ...« Dem Bauern schlägelt das Blut bis zum Hals hinauf. »Glaabs scho«, meint er, »daß eahm der Weg net schiach vürkemma is!« Er betrachtet blinzelnd das Weibsbild. »Gar net übel!« sagt er sich, »guat gstellt und do net übermaßi gformt, sauber beinand und frisch in der Art, und dazua a Mundwerk wia a Spinnradl; Herrgott, wann i net der Alt waar ... aber ... wer woaß's ... vielleicht schatzt s' mi gar net so alt ...« – »Schiach zum Oschaugn bist scho net!« sagt er halblaut zu ihr; »gaab scho mehra Leut, dene wost gfalln tatst!« Die Hanni lacht. Ein ganz leises Lachen, dabei sie die Zähne weist und die Augen ein wenigs zudrückt, um sie nachher ganz groß und unschuldig aufzuschlagen. »Werd net so gefahrli sei!« sagt sie leise. Beim Hauser beginnt ein inwendigs Feuer zu brennen. Die Hanni meint verlegen: »Und net amal an Nachtkittel hab i o, gell! Weilst mi a so derschreckt hast!« Der Alt stiert sie begehrlich an. »I schaug dir nix weg!«, sagt er heiser. »Aber mir wer i mein Verstand jetzt bald weggschaugt habn! Geh, laß mi a weng niederhocken!« – »Aber, Hauser! Was fallt dir denn ei!« Sie hält verschämt die Hände über der Brust gekreuzt. »Werst do in deiner Schlafkammer aa no an Sitz finden!« – »Aber koan so an kommoden!« flüstert er, setzt sich an den Bettrand und sucht ihre Hand zu fassen. Die Hanni weicht zurück an die Wand. »Geh, sei do gscheit, Bauer! Werst do deiner künftigen Schwiegertochter net heunt no d' Liab erklärn wolln! Laß mei Hand aus! Geh, laß aus, sag i!« Er läßt nicht aus. In ihm brennts lichterloh. »Hanni! Deixlsdirndl! Konnst ma gar net a bißl schee toa?« Sie will ihm ihre Hand entziehen. »Also sei doch gscheit!« flüstert sie wieder; »denk do an sie! Wenn sie's jetzt hört!« – »Ah was, die schlaft do! Geh, sag mirs, obst mi guat leiden konnst!« Der Hanni wird ungut zumut.

»Ja« sagt sie, »freili konn i di leidn! I wer do gegen mein künftigen Vatern net grob sei! Aber jetz muaßt geh! Moanst, was der Simmerl sagn tat, wann er dees wüßt!« Sie zieht sich allmählich bis ans Fußende zurück und springt schließlich aus dem Bett. »Bist denn jetz ganz vom Verstand kemma!« ruft sie aus. »Wiast jetz net augenblickli gscheit bist, nachher schrei i der Hauserin! Oder der Alten!« Sie schlüpft in den Unterrock und stellt sich an die Tür. Der Hauser tappt ihr verlangend nach. »Dees wirst aber bleibn lassen«, sagt er; »denn wannst mir du übel willst, nachher will dir i aa net guat! Auf mi kimmts o, obst amal Hauserin wirst!« Aha! Da hat er einen Trumpf. Einen, der was gilt.

»I sag ja net, daß i dir übel will! Aber i konn do net an Simmerl mit sein eignen Vatern oführn! Dees hat er do net verdeant, dei Bua! – Und wann i amal Hauserin bin, nachher zoag i dir's scho, daß i di aa gern hab ... als mein Vatern ...« – »Ah was, Vatern! ... Is scho recht, balst mi darnach aa no magst – als mei Tochta. – Aber jetz ... heunt ...« – »Heunt sagst mirs, ob i an Simmerl heiratn derf, gell!« Sie wird nachgiebiger. »Freili derfst 'hn ... alles derfst ...« – »Und du gehst morgn mit mir zum Notar?« – »Zwegn was?« – »No, zwegn der Heirat. Woaßt, daß i halt eppas Gwiß's in Händen hab!« – »Ja so. – Ja no. – Vo mir aus. – Balst mir a bißl schee tuast ... nachher konnst verlanga ... was d' magst ...« – »Gell, und du laßt di net aufhalten, morgn! – Und i geh mit!« – »Freili gehst mit ... du ...« »Und laßt es schreibn, daß der Simmerl nach dem Kriag an Hof kriagt ... Und i damit ... Gell!« – Er verspricht alles; ja, er gibt ihr den ganzen Geldbeutel zum Pfand dafür, daß ers morgen richtig macht. Bloß um ein bißl Schöntun ...

Die Hanni zieht sich langsam gegen ihren Kommodkasten zurück. Da steht die Kaffeetasse, welche ihr der Simmerl einmal von der Münchner Dult mitbrachte, und eine gipserne Statue der Lourdes-Madonna, und das Weichbrunnkrüglein. Der Hauser hat sie bei beiden Armen ergriffen und sucht, sie in die Höhe zu heben. In diesem Augenblick erhascht ihre Hand die Fransen der Kommodendecke. Und sie zieht an. Er will sie zur Lagerstatt tragen ... Rratsch ...

»In Gottsnamen! Hauser! Dees hat sie ghört!«

Der Alt hat sie gählings losgelassen. »Gefehlt is's! Hauser! Dees bal der Simmerl inne werd ...« Sie beginnt zu weinen. Der Hauser steht lauschend, mit wildklopfendem Herzen, an der Tür. »Sei do staad!« flüstert er; »laß mi do lusen! Noch hör i nixen!« – »Schaug nur grad, daß d' aus der Kammer kimmst! Mei Herrgott, sehgn bal s' di tuat, d' Hauserin ... oder gar d' Kollerin ... auf der Stell muaß i geh!« – Der Hauser horcht immer noch. Alle Augenblick vermeint er, was zu hören. Da ... wars jetzt im Stall? Oder bei der Kollerin?

»Schaug, bal mir morgn zum Notar gehn, ... nachher ... is sie net dabei und die Alt net ... geh zua jetzt! Gell, jetz gehst! Ganz staad! Und tuast ganz unschuldi! I nimms scho auf mi, dees Scheppern. I sag, daß oaner einsteign hätt wolln, und du hast 'hn vertriebn.« Ja, das ist ihm recht. Und er sagt zu allem ja. Und schleicht rasch aus ihrer Kammer, zieht draußen ganz still die Stiefel aus und öffnet die Tür zur Schlafkammer. Aber da liegt seine Hauserin schnarchend und blasend und fährt erst in die Höhe, als er sich fluchend auf die Kissen fallen läßt ...

Aus »Die Rumplhanni«

Die Scheidung

Die dicke Wildmoserbäuerin steht fuchsteufelswild am Backtrog und werkt und brummt, daß es schier nimmer anzuhören ist: »Aus der Haut kunntst fahrn mit dem Mannsbild! Nix mehr kannst eahm recht macha! Den ganzen Tag derfst an dir umanandgrandeln lassen, und nix anders hörst nimmer, als wia: Da muaß mir wieda a neue Ordnung einakemma in dees Haus! – Vo mir aus! – Soll er toa, was er mag! I tua nimma mit mit dera Ordnung! I geh und laß mi scheiden, bals no lang a so weitergeht! –« Sie knetet und bearbeitet den Brotteig mit einer solchen Wut, daß man meint, sie hätte einen Todfeind unter den Fingern. Und dann plärrt sie: »Mariedl! – Ja, moanst net, daß d' jetz bald zuawa gehst? – Siehst net, daß d' mir no Wasser zuaschütten muaßt zu mein Toag? – Kannst du net dableibn, bal ma di braucht, du Lalln, du zahnluckete!«

Die also Angeredete kommt gemächlich zur Kucheltür herein. Sie ist des Wildmosers Stall- und Hausdirn; zwanzigjährig, dick, rothaarig, pichig vor Schmutz und faul. Und dazu immer gut aufgelegt. Ihr zahnloser Mund lacht den ganzen Tag.

Auch jetzt, da doch die Wildmoserin vor Zorn schäumt, lacht sie!

»I bin ja scho da, Bäuerin!« sagt sie gemütlich. »Was schreist denn a so?«

Die Wildmoserin arbeitet giftig mit beiden Händen den Brotteig ab.

»Was i schrei, fragt s', die Molln! Was werd i schrein? Wei's wahr is! Weilst net zuawa gehst! Weil's nimmer zum Aushalten is in dem Hauswesen herin! Weil unseroaner der Garneamd ist, seitdem daß anderne 's Mäu offa hab'n bei ins! – Weil mir dees Militare daherin zwider werd! – Was is's jetz mit'n Wasser? – – Rindviech! Muaßt mir's jetz wieder über d' Füaß schütten, anstatt über 'n Toag!«

Die Mariedl lacht immer noch. Aber auf ja und nein hat sie die schönste Ohrfeige mitten im Gesicht und muß eiligst hinaus an den Röhrlbrunnen, um sich den Teig von der Wange zu waschen.

In diesem Augenblick ertönt eine herrische Stimme aus dem Stall: »Mariedl! Weibsbild, langweiligs! Soll i dir eppa no zehnmal schrein?«

Das ist der Wildmoser, gedienter Hottolerist und Mitglied des Bauernrats. Er war vier Jahre draußen im Krieg und ist jetzt wieder daheim, um eine neue Ordnung hineinzubringen in den »Saustall«, wie er sagt, in die »Weiberwirtschaft, in die gottverfluchte!« Das wär ja die rechte Komedie! Sie, die Wildmoserin, hätt die Hosen an, und er, der Wildmoser, müßt sich kuschen wie sein Hund, der Tyras! Und dieses Frauenzimmer, die Mariedl, tät, was sie wollte! Aber gnade Gott! Allen miteinander gnade Gott!

Er herrscht die Stalldirn wütend an: »Obst net hörst, frag i? – Obst net woaßt, daß d' Ochsen no koa Gsott habn und d' Kaibe'n koan Trank? Ob heunt der Saustall morgn ausputzt werd und der Hennastall überhaupts net?«

Die Mariedl wischt immer noch mit der härwenen Schürze in ihrem Gesicht herum, während sie ein paar Schritte gegen den Stall zu macht. »Ha, moanst?«

Der Bauer steht drohend unter der Stalltür. »Ja, ha, moanst! Muaß i dir Füaß macha?«

Die Dirn tut gekränkt: »Nnoo! Was plärrst denn gar a so? I bin ja scho da! Was geiht's denn?«

Und da der Wildmoser seine Fragen wegen der Stallarbeit wiederholt und dabei immer drohender wird, meint sie: »Tua nur net so schiach! Es is scho recht nachher! I kann mi net z'teiln. Jetz muaß i z'erscht *ihr* helfa beim Brotbacha.«

Damit will sie wieder kehrtmachen; aber ehe sie's bedenkt, fühlt sie schon einen derben Stoß in den Rippen und eine Faust im Genick.

»Dein Stall versiechst jetz, sag i!«

Die Mariedl ist beleidigt. »Du bist aber amal grob!« sagt sie. »Packst oan glei, als wia wann ma a Engländer waar oder a Pandur! Da wundert's mi net, daß si' insa Bäuerin scheidn lassen will vo dir!«

»Was!?« – der Wildmoser horcht auf. »Was sagst da? Sie will si' scheidn lassen? – Vo mir?«

Die Dirn tut mitleidig: »Gell, da schaugst! Hast eppa gmoant, vo wem andern? Naa, naa! Sie mag di nimmer, hat s' gsagt. Zwegn deiner Militare. Ja, ja. Jetzt gib i dee Kaibei 's Trank.«

Weg ist sie. Und der Wildmoser kann schauen, wie er zurechtkommt. Er geht nach der Kuchel und bricht einen Streit vom Zaun: »Hast du koa anderne Zeit zum Brotbacha als wie jetz?«

Aha. Die Bäuerin fährt herum: »Warum? Kümmert's di epps?«

Ihr Eheherr lacht wild: »Ob's mi epps kümmert! Moanst leicht, du hast no dein Russen vor dir oder sinst oan vo deine Knecht?«

Sie formt zornig einen Brotlaib. »I moan gar nix. I moan grad dees: Balst da draußen in dem Kriag nix anderschts net glernt hast als wia 's Grandeln und 's Kommandiern, nachher hast net viel profitiert. Nachher hättst gar net auße z' geh braucha.«

»Oder nimmer hoam, moanst! Gell ja! Sags nur!«

Die Bäuerin tut bockig: »Ja no. Dei Getua werd mir scho rechtschaffa zwider.«

»Aha. Brauchst es grad sagn!« schreit er jetzt. »Dees woaß i scho, daß dir der Ruß liaber is wia i! Daß d' alloa d' Herrlichkeit habn möchst da herin!«

Sie stupft die Brotlaibe mit dem Besen und drückt das Model mit dem Namen unsers Herrn darein.

»I will gar nix. I sag grad so viel und net mehra: Vier Jahr hab i alloa dein Hof derhalten ohne dein ewigen Dischbetat, und es is umganga …«

»Und da moanst, soll ich jetz aa hingeh, wo i mag. Jawohl!« – Er muß sich schier niederhocken vor Grimm, der gute Wildmoser! – »Aber, daß d' es woaßt: I geh net! I bleib, wo i bin. Und i bring a neus Regiment eina. Und wems niet paßt, der kann ja geh'!« – Hei! Ho! Das schlägt ein und zündet auch gleich wie ein Donnerwetter in den Hundstagen.

»A so moanst!« sagt seine Wildmoserin ganz heiser. »I soll geh? – Guat. Is mir aa recht. Geh i halt. Glei, auf der Stell. Heunt no mach i's advikatisch, daß i geh. Daß mir zwee firti san mitanand.«

Und sie läßt wirklich die Brotlaibe liegen und rennt aus der Kuchel.

Und droben in ihrer Kammer legt sie das Feiertagsgewand an, setzt das seidene Kopftuch auf, tut sechs Eier und ein Stück geselchtes Fleisch als Wegzehrung in den Handkorb und geht wirklich, nachdem sie noch aus dem Geheimfach ihres Kleiderschranks einen Beutel mit Gold- und Silbergeld zu sich genommen hat.

Geradenwegs nach München fährt sie – zum »Advikat«. Der fragt höflich, was sie will.

»Scheiden lassen!« erwidert sie kurz. Und da der Anwalt ungläubig dreinschaut, wiederholt sie es: »Scheiden sollst mi vom Wildmoser. I will habn, daß mir zwee ausanandgschriebn werdn.«
»Hast an Grund aa?« fragt der Anwalt. Worauf sie meint: »Naa, den hat er ghabt. I hab grad's Geld einbracht.«
Nein – einen Scheidungsgrund! – Ob etwa *er* mit der Stalldirn was gehabt hätt? Oder mit der Kuchelmagd?
Die Bäuerin muß lachen. »Mit dera Molln, mit dera zahnlukketn! Naa, mei Liaber. Da kennst mein Alten schlecht! Naa, naa. I laß mi grad zwegn dem Militare scheiden. Weil mir dee Kommandiererei zwider werd. Weil i aa ohne den Grobian weiterhausen kann. A so is. Jetz woaßt es, und jetz schreibst mirs!«
Sie ist fertig. Aber – schaut mir einer diese Advikaten an! Er sagt, das geht nicht! Das wär kein Grund nicht! Warum gehts nachher bei den Stadtleuten? Was die können, das kann sie auch, die Wildmoserin! Wär ja noch netter! –
Aber er mag nicht. Er sagt, daß es bei ihr leicht ein Jahr dauern könnt und noch länger, und daß es dann ein schönes Häuflein Geld kosten tät! Und kompliziert wärs auch!
Jetzt wird sie aber wild, die Bäuerin: »Was? A Jahr lang soll i dees Fegfeuer no aushalten? – Mei Liaber, bal i dees Hauskreuz no a Jahr schleppen muaß, nachher kann i's aa no länger schleppen. Und bal mi dees aa no an Haufa Geld kost't, nachher mag i net. Und überhaupts: dees schöne Sach z'teiln und vo mein Hof und vo meine Viecher weg! Naa, mei Liaber. Da soll si nur *er* scheiden lassen. I net!« –
Und sie legt dem Anwalt ihre sechs Eier und das Geselchte auf den Tisch als Zahlung und fährt wieder heim zu.
Und am andern Tag geht auf dem Wildmoserhof das Leben seinen gewohnten Gang – wie ehedem vor dem Krieg.

Aus »Bauern«

Die Hochzeiterinnen

Hans Ulrich, dem Kreutweber von Lindach sein ältester Bub, ist aus dem Krieg als der einzige heimgekehrt, heil und gesund, gerad so, wie er hinauszog vor Jahr und Tag.

Und nun, da er wieder daheim sitzt bei seinem Vater, dem alten, halbtauben Kreutweber, da er wieder die alte pichige Lodenjoppe trägt, da fällt ihm ein, er könnt sich justament um eine Hochzeiterin umschauen. Um eine, die ihm die armseligen Werkeltage seines Daseins ein bissel in Sonntage umgestalten würde. Die ihm soviel einbrächte, daß er sich auch einmal an einem andern Tag, als gerad an dem des Herrn, ein kleines Räuscherl vergönnen kunnt. Denn er liebt den Trunk zur guten Stund und noch mehr zur schlechten gleich seinen Vorfahren. Und so hockt er denn bei seinem Alten am Webstuhl und betrachtet eine Weile stumpfsinnig die geschäftigen Hände und Füße des Webers, der gerade Seihtücher für die Milcheimer der reichen Leinthalerin webt und dazu allerhand gurgelnde, pfeifende und lachende Töne ausstößt. Denn obgleich er schier taub ist, so singt er doch immer noch gern die Lieder seiner Burschentage. Das Gehör verlor er ja erst anno siebzig als Kanonier bei Sedan. – Also, sein Bub sitzt bei ihm und schaut ihm zu. Und dann stößt er ihn in die Seite: »He, Voda!« Der Alte lacht verschmitzt: »I siechs scho. Macht nix. Auf oan oder zwoa Fehler gehts net zsamm.« Sein Sohn schüttelt den Kopf. »Naa. Aufhörn sollst.«

Aber wieder lacht der Weber: »Dees glaab i! Freili mag i a Maß! Dees woaßt, Bua, 's Bier mag i alleweil.«

Da gibt er es auf, der Hans: »Ah was! Jetz dischkriert er vom Bier, bah i zwegn an Heiratn mit eahm redn möcht!«

Und erzürnt schreit er dem Alten ins Ohr: »Nix Bier! A Hochzeiterin brauch i!« Diesmal versteht ihn der Vater eher. »Ja so! A Hochzeiterin woaßt mir?«

Der Hans lacht laut auf: »Dees höretst gern, gell! Naa naa, mei Liaber! Nix vorhanden. *Haben*, sagt der Stummerl! – *Suacha* sollst mir oane. Verraten – mir!«

Jetzt hat er ihn ganz, der Alte. Aber er schüttelt lachend den Kopf: »O mei, Bua! Da bist irr! I woaß dir koane. I brauchet selm oane, di mi a bissl zsammfuattern tat und a weng aufwarma, bals kalt is.«

Mittendrin aber fällt ihm doch etwas ein: »Bist scho bei der Krankahausurschl gwen?« fragt er. »D' Urschl wisset dir doch gwiß a paar Weibsbilder, die wo für di passen! Für mi sans alle z' jung. I brauch epps Übertragns.«

Worauf der Hans meint: »Du brauchst überhaupts koane mehr. Bal nur amal i oane hätt! Soviel wirds mir nachher scho einbringa, daß du a epps davo profitierst.«

Der Alte hat ja die Hälfte nicht verstanden; aber er sagt doch recht zufrieden: »Recht hast, Bua!« und werkt darnach weiter.

Der Hans aber nimmt seinen Hut vom Nagel, sagt der alten Susanne, die dem Weber aus christlicher Barmherzigkeit das Hauswesen schlecht und recht versieht, Pfüagott und geht.

Sein Weg aber führt ihn kerzengrad zum Krankenhaus.

Da steht eben die Urschl, ein schier neunzigjähriges Weiblein, am Fenster ihres Stübleins und zupft die welken Blätter von einem Blumenstock.

Die Urschl ist sozusagen ein Erbstück des Hauses. Denn ihr Eheherr, Gott hab ihn selig, bestimmte, da er mit ihr kinderlos blieb, sein Haus zu einem Obdach für Kranke und Sterbende; unter der Bedingung aber, daß man sein Weib, die Urschl, zeit ihres Lebens darinnen belassen und wohl halten müsse.

Die Urschl nun weiß alles, was rings in der Welt vorgeht. Freilich reicht diese bei ihr nur etwa die Spanne von fünf, sechs Stunden im Umkreis. Von denen aber, die diesen Fleck Erde bewohnen, ist keiner, den sie nicht mit Namen wüßte; – er hätte denn keinen.

Dieses alte Weiberleut also soll nun dem Kreutweberhans eine Hochzeiterin verraten.

Deshalb putzt er vor der Haustür draußen seine Stiefel gut ab und stapft darnach hinein.

Gleich bei der ersten Tür klopft er an.

Und – richtig: »Gsegn dirs Good – der Kreutweberhans kimmt gar zu mir!«, so begrüßt ihn auch schon die Urschl.

Und fragt darnach: »Bist eppa marod oder feit dahoam epps?«

Nein, das wär Gottseidank nicht der Fall, meint der Hans. Er hätt einen ganz andern Schmerz, – das heißt, wenn sie es ihm nicht für übel nähm!

Aber die Alte lacht: »Ach beileib: Wia werd i dir denn 's Heiratn in Übel nehma! Bist ja no jung! Hast ja ganz recht!«

Der Hans reißt Augen und Mund auf: »Ja – wia kannst denn du wissen ...«

Die Urschl lacht noch mehr: »Jetz wundert er sich! Mei, dees is do leicht zum derraten, was d' möchst! Du bist gsund, dei Voda is net krank – und enka Susann is aa heunt no in der Kirch gwen. Also – was kunnt da oana von der Urschl wolln? Natürli a Hochzeiterin!«

Der Bursch hat einen heiligen Respekt vor der Alten. Diese aber fährt fort: »Siechst, und i woaß dir aa oane. – Naa, zwoa. – Halt – naa, drei woaß i dir. Paß auf: die erscht is d' Noimerzenz vo Kreiz. A weng bollisch und zwider. Aber achttausad March glei und no amal soviel darnachst. Daß s' den oan Hax a weng nachziagt, dees woaßt ja.« Jawohl. Der Hans weiß es. Und er rechnet: »No mal soviel, dees san sechzechatausad March. Und acht dazua is vierazwanzg. Der Hax tat nix macha, und 's Bollischsein treibet i ihr bald aus. Aber ob s' halt Kreutweberin werdn will ...«

Indessen fährt die Urschl fort: »Und da is no d' Wimmerlies vo Haslach. Bildsauber, brav und riegelsam. Kennst es ja selm. Wird aber kaam mehra als wie viertausad March mitkriagn. Bals es kriagt. – Und nachher is no da die buckelt Schneiderresl vo Münster. A weng übertragn, – i glaab, fünfadreißig Jahr is s' alt; aber Geld is da. Ausgmachts Heiratguat dreißgtausad March. Und 's Haus. Die Alt mußt halt in Austrag nehma. Aber sie is guat habn. – So – und jetzt woaßt es.

Jawohl. Jetzt weiß ers, der Hans.

Und er denkt gar nicht lang an die brave Wimmerlies; er läßt auch die Noimerzenz wieder fallen und sagt: »Aha. Dreißgtausad. Und die Alt im Austrag. Aha. – Wie alt is jetzt d' Schneiderin? – Bald siebazg, sagst? – Aha. – No ja. – Jetz werdn mirs nachher scho sehgn. I sag dir halt derweil an scheen Dankgood. – Und mei Schuldigkeit werd i scho bereininga, bals epps werd mit oana. Und jetz pfüate.« – Die Urschl streckt ihm die Hand hin.

Aber nicht zum Abschied! – Nur ein etlichs paar Mark wenns wären! Weil man so viel Hunger leiden muß in dem Haus! – Es ist nicht leicht, einem Bauern den Geldbeutel aus dem Sack zu locken; aber die Urschl bringt es wahrhaftig fertig, daß ihr der Hans am End drei schmierige Papierfetzen in die Hand legt als Aufgeld für den Schmuserlohn, den sie für ihre Vermittlung zu kriegen hat. –

Nach diesem Abschied aber rennt der gute Hans nach Haus, als hätt er Flügel an den Stiefelsohlen!
»Ja, Himmelherrschaft! Dreißgtausad und 's Haus! – Ja, scheener kunnts ja gar net geh'! – Was kümmert mi der Buckel und die Alt! – D' Hauptsach is, daß s' einschlagt. Und einschlagn tuats, dees woaß i. – Herrschaftseiten, dees Glück! I lach ja die ganze Welt aus! Juhu!« –
Juchzend tritt er daheim in die Wohnstube.
Doch – was sieht er! –
Da sitzt am Tisch ein ihm gar wohl und gut bekanntes Weibsbild, – die Annemirl vom Simmerbauern! Und auf ihrem Schoß tummeln sich zwei Büblein, so an die vier Jahr alt – seine eignen!
Hei, da fallen ihm plötzlich alle seine Todsünden ein, auf die er doch so gern vergessen hätt.
»Himmellaudon!« denkt er: »Akrat jetz, wo mir epps Rars einstand ... jetzt muaß *sie* dahocka!«
Dem Hans wird ganz schwül: »Annemirl ...«
Aber die Annemirl nimmt ihre beiden Buben vom Schoß und sagt: »Da schaugts, da is er ja, der Ata! – So, jetz gehts nur glei schee hi zu eahm und sagts eahm Grüaßgood!«
Und sie hilft ihm aus aller Not und Verlegenheit, indem sie sagt: »Gell, hättst bald vergessen auf uns drei! Aber mir rührn uns scho, woaßt!«
Ah so! Sie ist bloß wegen dem Kostgeld da! Der Hans beeilt sich, zu fragen, was er zu zahlen hätt. Er möcht gern die Geschicht in der Ordnung haben, bevor er heiratet ...
Aber die Annemirl unterbricht ihn: »Ja freili! Sinst nix mehr! Wirst dir jetz no lang Unkösten macha, wenn darnach doch alls aus *oan* Sack geht! – Mir werdns aa so derfüttern, die zwoa; und übrigens hab i auf Lichtmeß mein Platz aufgebn. I bin jetzt lang gnuag Stalldirn gwen. Jetzt möcht i amal a Zeitl als Kreutweberin hausen. Meine Papiere hab i dabei – dein Vodan is's recht, also – bals dir aa recht is, kinnan mir morgen scho zum Herr Pfarrer gehn! ...«
Wenn's ihm recht ist!
Ja, Himmelherrgott! – Dreißigtausend wärens gewesen! – Aber da stehen ein paar Bürscherl vor ihm und sagen »Ata«!
Je nun! Es wird ihm wohl recht sein müssen! – Trotz der drei Mark Aufgeld und der reichen Hochzeiterin! –

Aus »Bauern«

Alte Liebe rostet nicht

Als nun der Großvater Witwer war, wollte er die Schwägerin heiraten; da sie aber in ihrer Jugend Mitglied und später Präfektin des weltlichen dritten Ordens des heiligen Franziskus geworden war, mußte er deswegen sich an den Papst wenden, der ihr unter der Bedingung Dispens erteilte, daß sie mit ihrem Manne eine sogenannte Josephsehe führe, das heißt, die gelobte Keuschheit bewahre. Daher kam es wohl auch, daß der Großvater sie immer mit großer Achtung behandelte und ihr niemals ein böses Wort gab. Nur einmal war eine Geschichte:

Von unsern Kühen gab eine, das Bräundl, zu wenig Milch. Da nahm sich der Großvater vor, sie nach Holzkirchen auf den Markt zu führen und gegen eine bessere umzutauschen. Obwohl nun die Großmutter dagegen war, hat er sie doch fortgetrieben und dafür eine wunderschöne, schwarzfleckige Kuh heimgebracht.

Als sie nun das erstemal von der Großmutter gemolken wurde, gab auch sie nur ein paar Liter Milch. Da meinte man, es komme von der Anstrengung; aber es wurde nicht besser. Als sie nach ungefähr einer Woche nicht mehr als fünf Liter Milch gab, während wir sonst von unseren Kühen zehn bis zwölf Liter hatten, ward die Großmutter sehr ärgerlich und fing an, mit dem Großvater zu streiten, und sagte: »Da hättst aa nix Bessers toa könna, als wie dös Viech daherbringa; hättst halt's Bräundl g'haltn. Bringst da so an Ranka daher, der oan's Fuada wegfrißt und für nix guat is.«

Da wurde der Großvater zornig: »Sei stad! Was vastehst denn du, du Rindviech! Dös ko i da Kuah net o'sehgn, daß koa Milli gibt bei so an Trumm Euter. Na weis i's halt wieder furt in Gott'snam', daß d' an Ruah gibst, alt's Rindviech.«

Darauf erwiderte die Großmutter nichts, sondern ging in die Kuchl hinaus.

Als sie aber beim Nachtessen das Tischgebet sprach, fing sie plötzlich beim Vaterunser an ganz laut zu schluchzen und lief hinaus. Da sprach ich das Gebet zu Ende und sagte darauf zum

Großvater: »Gel, jetz hast es, weilst so grob bist. Warum greinst denn a so, wo's es net braucht! Mei Großmuatta is brav, und balst es no amal schimpfst, nacha mag i di nimma!«

Darauf sagte der Hausl, der auch mit uns aß: »Woaßt, Handschuasta, dös sell muaß i selm sagn; da hast an schlechtn Tausch g'macht. Da hat d' Handschuasterin scho recht, und i moan, dösmal warst du's Rindviech g'wen.«

Diese Rede freute mich, und ich ließ das Essen stehen, lief zur Großmutter in die Küche, setzte mich auf ihren Schoß und sagte: »Großmuatterl, sei stad und woan nimma. Der Großvata is dir scho wieda guat, und der Hausl sagt's aa, daß der Großvata 's Rindviech is. Jatz weist er d' Kuah wieder furt und kaaft dir a andere. Und i hab's eahm scho g'sagt, er darf di nimma ausgreina.«

Da nahm sie mich um den Hals und sagte: »Du bist halt mei Brave, geh Lenei.«

Darauf aß ich mit ihr draußen in der Küche zur Nacht, zog sie danach wieder in die Stube und rief: »So, Großvata, jatz is dir d' Großmuatta wieda guat und woant nimma; jatz muaßt aba versprecha, daß d' es wieda magst und nimma greinst.« Da lachte er: »No, in Gottsnam, Hex, na mag i 's halt wieda.«

In der Nacht hab ich zwischen ihnen beiden geschlafen und hab ein jedes bei der Hand genommen und ihnen die Hände gedrückt und sie festgehalten.

Auf einmal fängt die Großmutter aufs neue zu schluchzen an: »Naa, i ko's net vergessn, was d' g'sagt hast, wo i dir g'wiß a bravs, rieglsams Wei' g'wen bin.«

»Stad bist ma!« erwiderte der Großvater. »Bevor i harb wer'. Dös ko an jedn passiern; geh nur und kaaf du ei!«

Jetzt wurde ich wild, stieß den Großvater mit Füßen, schopfte ihn bei den Haaren und schrie: »Jatz werd's ma z' dumm! Jatz laß d' mei Großmuatta steh, sunst steh i auf und laaf furt und geh zu der Münkara Muatta; da is scheena, da werd net g'strittn und g'greint!«

Darauf mußte sich die Großmutter in die Mitte legen und ich legte mich hinaus. Der Großvater aber lachte: »Geh, schlaf, du Nachtei!«

Am andern Tag in der Früh fragte ich gleich die Großmutter: »Is er dir wieda guat, der Vata?«

»Ja«, erwiderte sie, »mir san scho guat.«

Aber beim Beten weinte sie wieder wie den Tag zuvor, und so ging es noch drei oder vier Tage fort.

Die Kuh aber hat der Großvater an den Huberwirt verkauft und dafür vom Schneider zu Balkham eine wunderschöne trächtige heimgebracht.

Damit war der Streit geschlichtet, und ich brauchte nicht mehr zu der Münkara Muatta, das heißt zu meiner Mutter in München, zu gehen, die ich übrigens noch nie gesehen hatte und von der ich nur hatte reden hören.

Aus »Erinnerungen einer Überflüssigen«

Welt der Wunder

Dann kam eine Zeit, wo die Mutter mich wieder besonders quälte; sie war aber auch gegen andere Leute recht barsch, vor allem gegen den Vater. Dabei wurde sie immer stärker, und nun wußte ich, daß wieder ein Kind kam. Daß dem so war, das hatte ich eines Tages nach der Turnstunde erfahren, als ich mit mehreren Mädchen meiner Klasse, ich war damals dreizehn Jahre alt, nach Hause ging. Da begegnete uns eine Frau, die in andern Umständen war, und auf die Frage der Babett: »Warum is denn dö unten so dick und obn so mager?« entgegnete ich: »Ja, weils halt ihr Korsett verkehrt anhat.«

»Du irrst!« sagte darauf die Else, eine Lehrerstochter. »Die Frau trägt überhaupt kein Korsett, sondern die bekommt ein Kind.«

»Ja, die Else hat recht«, mischte sich eine vierte, die Anna, ins Gespräch, »mei Mutter war auch so dick, dann ham ma zwoa Bubn kriegt; dann is s' im Bett g'legn, und wie s' wieder aufg'standn is, war s' wieder ganz mager. Jetzt möcht i nur wissn, wie dö rauskomma san.«

»Das kann ich dir schon sagen«, erwiderte die Else. »Mein Papa hat zu Hause ein Buch, darin hab ich's gelesen: Wenn ein Mann mit einer Frau ins Bett geht und mit ihr was Schlimmes treibt, legt er ihr ein Ei in ihren Körper; dann tut er wieder was Böses mit ihr, dadurch kommt das Ei in den Magen der Frau, und die brütet es aus, und aus dem Nabel kommt das Kind mittels der Nabelschnur.«

»Du spinnst ja!« rief jetzt die Theres. »Da hast halt aa net recht g'lesn! I woaß von meiner Schwester, die von dem Doktor dös Kind hat: dös Ei liegt net im Magn, sondern im Bieserl. Da tut der Mann mit der Frau was Böses und dann kommt's in Bauch und nach einem halben Jahr kommt 's Kind unten raus. Und da braucht ma die Hebamm zum Aufschneidn und Zunähn.«

Mit Gruseln hörten wir zu, und daheim untersuchte ich, als ich allein war, sogleich mit einem Spiegel, ob das mit dem Kind wirklich möglich sei; da hab ich gefunden, daß es unmöglich sei.

Aber die Mutter bekam bald danach doch den Ludwigl, und da ich in Ermangelung einer Wochenbettpflegerin alle bei einer Niederkunft notwendigen Arbeiten tun mußte, so konnte ich ziemlich den ganzen Verlauf der Geburt beobachten.

Als ich dann die Mutter laut jammern und klagen hörte, hatte ich viel Mitleid mit ihr und nahm mir zugleich fest vor, niemals mit einem Mann was Böses zu tun. Im übrigen hatte ich nicht viel Zeit zum Nachdenken; denn den ganzen Tag bis spät in die Nacht ging es treppauf, treppab und hieß es arbeiten, damit die Mutter zufrieden war.

Aus »Erinnerungen einer Überflüssigen«

Liebe versetzt Berge

Eben kommt die gute alte Dame wieder in die Küche und trifft Rosalie, die jüngste Tochter des seligen Rechtsrats, beim Kochen an.

Sie hebt den Deckel von einem dampfenden Hafen und zieht die Nase hoch: »Was gibt's denn heut wieder Grünes, Roserl? Das riecht ja wie meine Heublumenbäder!«

Ihre Nichte schält eben Kartoffeln und erwidert etwas verlegen: »Ach, du weißt ja, Tante Adele: nichts Besonderes. Mangoldspinat und Kartoffelschnitz.«

Und mit einem Seufzer fügt sie hinzu: »Wenn's doch endlich mal so weit wär', daß wir wieder zu Schiermosers gingen! In der Sommerfrische konnte man sich doch wenigstens satt essen um sein Geld!«

Die Tante nickt. Aber sie kann es doch nicht unterlassen, zu sagen: »Das könntet ihr auch hier ganz gut, wenn ihr nicht mit eurer überspannten Vornehmheit euch selbst und die anderen belügen würdet! Aber nein, da muß der ›Jourfix‹ her und müssen Seidenfähnchen her und die Loge im Theater muß auch her ... Ach was! – Ich mag gar nimmer reden! Bei deiner Mutter ist ja doch Tauf und Chrisam verloren!«

Sie geht erregt aus der Küche.

Aber nachdem sie wieder etwas ruhiger geworden ist, fällt ihr der Seufzer ihrer Nichte wieder ein: »Wenn wir doch wieder bei Schiermosers wären!«

Natürlich! Das ist ja doch das einzige Glück, daß man den Schiermoserhof als Zuflucht hat! – Daß man sich jeden Sommer bei Milchschüsseln und Schmalztöpfen, bei Eiern und Nudeln wieder erholen kann von der Traurigkeit des armseligen Stadtwinters! Sofort wird sie mit der Schwägerin reden! – Sofort!

Und sie läuft augenblicklich hinüber in das Speisezimmer, wo die Rätin eben das Silberbesteck aus dem Schrank nimmt.

»Schwägerin!«

»Adele?«

»Ich hätt' eine Frage.«

Die Rätin setzt ihren goldenen Kneifer auf die etwas große Hakennase und schielt hinüber zur Standuhr.

»Wenn's nicht zu lange dauert, meine liebe Adele; – du weißt, das Essen wird bald auf den Tisch kommen!«

Doch das Fräulein Schwägerin macht eine wegwerfende Handbewegung und meint: »Ah was! Laß es kommen! Ist ohnehin bloß wieder das alte: Grünfutter mit Pomm de Terr! – Ich möcht' wissen, ob du eigentlich schon an die Sommerfrische gedacht hast? Ob du was Bestimmtes im Aug' hast?« Sie setzt sich gemächlich aufs Sofa.

Die Rechtsrätin nimmt den Kneifer wieder ab und seufzt.

»Nn ... ja ... das heißt ... ich wollte eigentlich mit Rosalie nach Baden-Baden ... oder sonst in ein Bad ... du verstehst doch, Adele ...«

Aber das Fräulein versteht durchaus nicht.

»Ins Bad!« ruft sie aus, »ins Bad müssen sie! – Jetzt möcht' ich bloß wissen, was die Rosel in einem Bad soll!«

»Gott, du weißt doch, Adele ... Es ist doch nur, daß Rosalie ...«

»Einen Mann kriegt! Natürlich! – Und dazu braucht's ein Bad. Ich sag' dir bloß, Schwägerin: sie sind auch in Bädern nicht zu dick gesät, die Dummen!«

»Adele!«

»Na ja, sei nur still! – Wenn einer, der von Haus aus schon was Besonderes ist – der es dann auch noch zu etwas Besserem gebracht hat – also zum Beispiel zu einem Konsul oder einem Attaché oder was dergleichen Herren mehr sind,... ich meine, so einer heiratet kein Fräulein Habenichts. Selbst wenn die Mama des Fräuleins eine ›von‹ Habenichts war!«

»Aber Adele! Ich verbitte mir dergleichen!«

»Ja, ja ... Ich weiß schon, daß ich grob bin. Aber ich sehe, daß deine beiden andern Töchter mit ihrer vornehmen Heiraterei nicht gut gefahren sind ...«

»Sind meine Schwiegersöhne nicht Kavaliere?«

Die Rechtsrätin steht wie eine Truthenne, der man ein Junges nehmen will, vor der Schwägerin.

Aber die läßt sich nicht so leicht einschüchtern.

»Jawohl, Kavaliere«, sagt sie, »das sind sie. Aber wenn ich ein junges, fesches Mädel wär', niemals würde ich mir so einen alten Gecken nehmen, wie deine beiden Herren Schwiegersöhne ein paar sind! Lieber die Frau eines hübschen Handwerkers oder eines jungen Bauern – als die Gemahlin eines solchen Barons!«

In diesem Augenblick kommt Rosalie mit den Tellern zur Tür herein und sieht, daß die Mutter ganz grün und gelb ist vor Zorn.

»Aber Mama!« ruft sie aus. »Aber Tante Adele! – Habt ihr euch schon wieder gezankt!«

»Leider ja«, erwidert die Tante, der es nun doch leid tut, daß sie sich hat fortreißen lassen von ihren Gefühlen.

»War's wieder meinetwegen?«

»Allerdings. Deine Mutter möchte dich in ein Bad bringen.«

Rosalie lacht.

»Ach ja! Die alte Leier! Einen Goldfisch oder ein Blaufelchen angeln!«

»Rosalie!«

Die Rätin schnappt nach Luft.

Aber ihre Tochter beruhigt sie: »Reg' dich doch nicht so auf, Mama! Was redest du denn immer vom Heiraten! Ich denk' doch noch gar nicht daran! – Ich bin doch erst dreiundzwanzig! – Und ich erspar' dir doch eine Köchin, ein Stubenmädel, eine Jungfer – eine Schneiderin ...«

»Und wirst alt und grau dabei!« entgegnete ihr die alte Dame.

Aber die Tante mischt sich abermals ein.

»Alt und grau!« ruft sie, »daß ich nicht lach'! Also Rosel – verstehst – das eine sag' ich dir: Bleib so, wie du bist. Und laß dir deinen Gaul nicht scheu machen! – Und jetzt schlagen wir zwei unsere Sommerfrische vor: Wir gehen wieder nach Berganger zum Schiermoser!«

Die Rätin wehrt ab: »Nach Berganger! – Ausgeschlossen! Wieder in dies Nest! In dieses ewige Einerlei und zu diesen Bauern!«

Aber Rosalie meint: »O Mama, ich finde, wir haben uns doch immer sehr wohl gefühlt bei Schiermosers, die Jahre her!«

Und Fräulein Adele fügt hinzu: »Jawohl. Und gut erholt haben wir uns auch immer. Und das ist doch schließlich der Endzweck einer Sommerfrische – nicht das Heiraten! Warum soll man dem Mädel die Freude nicht machen, wenn sie gern zu den Leuten geht!«

Rosalie deckt verlegen und geschäftig den Tisch, indes die beiden Damen sich immer weiter zanken wegen der Sommerfrische. Ihr ist nicht wohl zumut; denn sie haßt diese Auftritte.

Daher sagt sie auch jetzt einlenkend: »In Gottes Namen, Tante, gehen wir halt nicht nach Berganger, wenn Mama ein so großes Unglück darin sieht.«

»Das ist es auch!« ruft die Rätin und springt auf. »Oder nennst du es etwa Glück, wenn ich zusehen muß, wie ihr beide verbauert! Besonders Rosalie! Das Mädchen vergißt ja seine ganze Erziehung da draußen! Läuft mit dem Dienstvolk herum und mit diesem Sohn, dem Franz ...«

Aber Tante Adele fällt ihr sogleich wieder gereizt ins Wort, und das Ende vom Lied ist, daß die Rätin schließlich doch Ja und Amen sagt und verspricht, daß sie mitreist nach Berganger.

»Na also!« sagt da die Tante: »Da kannst du ja Schiermosers gleich schreiben. Oder warte: ich mach's gleich selber ...«

Sie holt eine Postkarte und den Bleistift und schreibt: »Liebe Schiermoserleut! Wir kommen nächsten Samstag. Gruß! Adele Scheuflein.«

»Soo«, sagt sie darauf zufrieden, »und jetzt bring in Gottes Namen deine verdammte Grünkost auf den Tisch, Roserl!« – [...]

Rosalie Scheuflein ist ein großes, gesundes und resolutes Mädchen und fesselt gar manchen Mann durch diese Tugenden wie auch durch ihr rassiges Gesicht und ihre stattliche Figur.

Trotzdem ist sie noch ohne geheime Wünsche und ohne jenen Kummer, an dem andere dreiundzwanzigjährige Mädchen gemeiniglich leiden und der seinen Ursprung in der Liebe hat. Höchstens, daß sie sich manchmal den einen oder andern »Kavalier« vorstellt und nüchtern abwägt, was ihn ihr gefällig machen könnte und was ihn ihr lächerlich macht.

Die mißliche Vermögenslage ihrer Mutter verhindert sie auch, jene Orte aufzusuchen, an denen sonst junge Mädchen meist ihre Natürlichkeit und Anmut verlieren; nämlich Pensionate, Tanzschulen, Damenkränzchen und dergleichen mehr. Dagegen steht sie von früh bis spät in der Küche und und kocht und sorgt für das Wohl ihrer Mutter und der Tante.

Sie findet nichts Beschämendes darin, daß sie nicht wie andere Mädchen ihres Standes Hände so weiß wie Alabaster und Fingernägel gleich einer Haremsdame hat; aber sie würde es als eine Schande erachten, wenn andere Hände als die eigenen die Federn ihres Bettes schüttelten oder die Stube fegten.

Eben ordnet sie die Wäsche für den Sommeraufenthalt zu Berganger in die Reisekörbe; da kommt Tante Adele in die Küche.
»Roserl! Hast net ein Viertelstünderl Zeit für mich?« ruft sie; »Ich möcht gern mit dir ein bissel was zum Tee backen.«
Rosalie nickt.
»Einen Augenblick. Gleich habe ich's.«
Im Nu ist die Wäsche in den Körben und gleich darauf steht das Mädchen schon mit der Teigschüssel und dem Kochlöffel am Küchentisch.
»So, ich bin schon da, Tante!« meint sie. »Aber kannst du mir vielleicht sagen, mit was ich dieses Teezeugs machen soll? Das bissel Mehl und Butter und die paar Eier brauch ich morgen fürs Mittagessen. Wenn du mir jetzt das Zeugs verbrauchst, kann ich euch morgen nicht mehr füttern!«
Tante Adele schmunzelt.
»Schlimm, mein Mädel! Recht schlimm! Da muß ich denn doch nachschaun, ob sich nicht in einer Geldbeutelfalte noch irgendein verkrüppelter Zwanz'ger findet. Die Mama muß doch ihren Abschiedstee kriegen und du deinen Hochzeiter!«
Rosalie runzelt die Stirn. »Wieso? Ich versteh dich nicht, Tante!« Adele erklärt es ihr näher.
»Soviel ich weiß, hat die Mama auch ein paar heiratslustige Angelgoldhechte geladen, und nun meint sie, daß bestimmt einer anbeißt, sobald er zwei Tassen Tee und ein Wurstbrot vertilgt hat. Ich fürcht' aber, daß wir unbedingt auch noch etliche Teebrezeln und einen Guglhupf mit Zibeben an die Angel binden müssen. Was sagst du dazu?«
Ihre Nichte steht mit hochrotem Kopf da. »Hör' doch auf mit deinen schlechten Witzen, Tante!« ruft sie ärgerlich. »Du weißt genau, daß ich keinen mag von diesen Rittern!«
»Freilich weiß ich das!« lacht Adele. »Aber deine Mama weiß es nicht. Will's nicht wissen. Die baut fest auf den Rittmeister und auf den Assessor! Da kannst halt nichts machen. Blaublütige Mütter denken halt so und wir simpeln Bürgergretln denken anders.«
Rosalie rührt verlegen einen Teig an. »Ich weiß schon. Sie möcht halt, daß ich auch versorgt wär' und daß ich ihr dann ein bissel was zukommen ließe. Ich kann ihr aber nicht helfen. Ich heirat' noch nicht. Mir gefällt keiner. Vorläufig bleib ich noch bei euch.«
Damit ist die Unterhaltung ins Stocken gekommen, und die bei-

den rühren und kneten, kochen und backen und sorgen also, daß der Ruf des Hauses Scheuflein ein guter bleibe.

Die Rätin aber hat inzwischen eine Mantille aus Spitzen um die Schultern gelegt, setzt das vornehme englische Hütchen auf und trägt nun die Einladungsbriefe, um das Porto zu sparen, selber zu den Adressaten. Eilig und scheu betritt sie überall das Haus, huscht vorsichtig die Treppen hinauf und wirft die Briefe in den Kasten oder steckt sie in den Türspalt. Klopfenden Herzens horcht sie danach, ob niemand die Stiegen heraufkommt, und eilt endlich, so schnell ihre alten Füße dies vermögen, wieder von dannen.

Bei ihren Töchtern ist es ihr bereits geglückt und beim Assessor gleichfalls. Beim Rittmeister aber öffnet sich gerade in dem Augenblick, da die Rätin das Brieflein in den Kasten stecken will, die Tür und heraus tritt eine elegante junge Dame, gefolgt vom Rittmeister, der eben frägt: »Hast alles, Schatz? Hast die Handschuh und den Schirm?«

Worauf die Dame sich lachend nach ihm umwendet und sagt: »Mhm. Das heißt: etwas hab' ich noch nicht – den versprochenen Kuß ...«

Bumms! Die Tür fliegt nochmal zu und dahinter ertönt Kichern und Lachen.

Wie gejagt rennt die Rätin die Stiegen hinab; um eine Hoffnung ärmer geht sie nach Hause. Frau Rittmeister wird sie wohl kaum werden, ihre Rosalie ...

Daheim legt sie trüben Sinnes ihre Mantille ab, steckt sich die künstlichen weißen Lockentuffen frisch auf und holt sich eine Handarbeit aus dem Nähtisch.

Ob die Verhältnisse sich bei ihr wohl noch einmal bessern würden? ... Draußen in der Küche schlägt Rosalie eben einen Hefeteig fein, da schrillt die Klingel.

»Herrschaftseiten! Grad jetzt, wo ich auf und auf voller Mehl bin!« brummt das erhitzte Mädchen und schüttelt sich die wirren Haare aus der Stirn. »Geh Tante, magst nicht du aufmachen?«

Adele nickt und bindet schnell die Schürze ab.

»Ich mach' schon auf«

Draußen aber an der Gangtür kommt sie in einige Verlegenheit.

Denn vor ihr steht, angetan mit Gehrock und weißen Handschuhen, in der Linken den Zylinder und in der Rechten einen

Fliederstrauß, der Assessor, verbeugt sich fast bis zum Boden und frägt dann nach der Rechtsrätin.

Tante Adele wird schwül zumut.

»Au weh zwick!« denkt sie im stillen. »Das sieht ja schier aus wie eine Brautschau! Jetzt, fürcht' ich, geht's dem armen Mädel doch an den Kragen.«

Laut aber sagt sie: »Gewiß, Herrr Assessor, meine Schwägerin ist z'Haus. Bitte, treten S' doch näher!«

Und sie weist ihn mit einem Gemisch von Sorge und Unwillen im Gesicht in den Salon.

Die Rechtsrätin sitzt immer noch grübelnd am Fenster ihres Boudoirs, als die Schwägerin eintritt.

»Herr von Rödern ist da.«

»Ach! Was der wohl will?« Adele räuspert sich unwillig.

»'n Fliederbuschen hat er dabei«, sagt sie rauh; »wegen der Rosel wird's halt sein.« Die Rätin springt auf.

»Was sagst du? Blumen hat er? – Du glaubst, er wollte wirklich? Mein Gott, das wär' ja wunderbar!«

Sie läuft aufgeregt und planlos hin und her.

»Sag', ich komme sofort! Im Augenblick komm ich! Nein! So ein Glück! So ein Glück!«

Die gute alte Dame ist ganz außer sich vor Freude. Kaum vermag sie ihren Spitzenschal um die Schultern zu legen und die Lorgnette gleichgültig in der Hand zu halten, während sie die Tür zum Salon öffnet. Tante Adele aber schleicht betrübt über den Gang und tritt traurig in die Küche.

»Wer ist denn dagewesen, Tante?« Sie überhört Rosels Frage scheinbar. »Tante Adele! Wer war da, hab' ich gefragt!«

Die alte Dame hört nicht. Sie klappert mit den Hafendeckeln und Tiegeln und werkt mit hochrotem Kopf.

Rosalie weiß nicht, was sie von diesem Benehmen halten soll. Aber sie erhält bald Aufklärung, denn Tante Adele unterbricht plötzlich ihre Arbeit und sagt rauh: »Hör jetzt auf mit deiner Arbeit, Rosel. Besuch ist da für dich.«

»Für mich? Ja, wer denn?«

Sie steht hilflos vor der alten Dame.

»Tante Adele! Du hast was! Sag, wer ist denn da?«

Da bricht's auch schon los, das Gewitter. »Ah, was! Dein Herr Zukünftiger! Der Herr Bräutigam! Deiner Frau Mama ihr letzter Strohhalm! Natürlich der Herr Assessor! Da möcht ich schon noch lang fragn! So geschmacklos kann ja bloß der sein, daß er einem auch noch das letzte Kind aus dem Hause holt!«

Sie bricht plötzlich in Tränen aus und bemerkt nicht, wie die Rätin unter der Tür steht und mit vor Rührung unterdrückter Stimme sagt: »Rosalie! Willst du nicht einen Augenblick zu uns in den Salon kommen? Zieh aber schnell das Hellseidene an! Ich habe dich eben verlobt.«

Mit diesen Worten verläßt die Rätin auch schon wieder die Küche und eilt in den Salon, wo der Herr Assessor eben entzückt ein Brustbild seiner Braut betrachtet. –

Rosalie aber ist schier vom Schlag gerührt. Sprachlos starrt sie an die Tür, in der eben noch die Rätin stand.

Erst die Mahnung der Tante, sie müsse sich doch umziehen und schön machen für den Herrn Bräutigam, bringt sie wieder zu sich.

Und nun beginnt sie zu toben und zu stampfen, sich zu wehren und zu beschweren gegen diesen Überfall auf ihre Person, ihre Freiheit, ihr Leben! Aber es nützt nichts. Genau so erging es ja auch den Schwestern! Die wurden so wenig gefragt wie sie jetzt!

Die Mutter verhandelte hinter ihrem Rücken mit dem Bewerber, und erst, nachdem das »Geschäft« erledigt war, wurde mit viel Gefühl und Rührung dem »Engelchen« und »Täubchen« der Zukünftige in die Arme gedrückt.

»Aber ich, ich mag nicht! Ich sag' nein, und wenn mich die Mama aus dem Haus jagt!« ruft Rosalie ein ums andere Mal aus. »Ich laß mich nicht so mir nichts, dir nichts an einen hinketten! Ich mag ihn nicht, diesen Gecken!«

Schweren Herzens redet ihr die Tante zu; denn ihr ist ungut zumut.

Endlich ist das Mädchen angekleidet und folgt widerstrebend der sie führenden Tante, fest entschlossen, nein zu sagen.

Aber da sie die unendliche Freude der Mutter sieht, da sie den wohlgepflegten jungen Mann vor sich sieht, die herzlichen Worte seiner Werbung hört, da sinkt ihr Kopf immer tiefer, und endlich sagt sie leise: »Ja. Ich will versuchen zu denken, daß ich Ihre Verlobte bin. Der Mama zulieb.«

Adele ballt die Fäuste. Wie lange soll's wohl in der Welt noch so gehen, daß des Menschen Glück dem Geldsack, der Versorgung oder dem Egoismus anderer geopfert wird?

Sie bringt es nicht übers Herz, ihrem lieben Mädel irgendein leeres Wort des Glückwunsches zu sagen. Aber sie drückt dem blassen, nichts weniger als glücklich aussehenden Mädchen fest die Hand.

Die Rätin tupft sich mit dem winzigen Spitzentuch bald die Augen, bald die Nase und umarmt wiederholt das »liebe Kindchen«. Rosalie aber bittet, ob sie sich nicht wieder zurückziehen dürfe.

So will denn das Geschick, daß der Abschiedstee zugleich der Verlobungstee Rosaliens wird, zu dem sie sich selber den Verlobungskuchen gebacken hat.

Vor dem kleinen Bahnhof zu Glonn steht der altmodische schwere Landauer des Schiermosers, der Hochzeitswagen des Hofs seit mehr denn einem Menschenalter.

Er ist zwar unkommod und dem Franz nicht nobel genug; aber bis jetzt ist es diesem noch nie eingefallen, daß man ja einen neuen anschaffen könnte. – Heute zum erstenmal fällt es ihm schwer, die Sommergäste immer noch in der »wackligen Kalesche«, in dem »Rumpelkarren«, wie er die Kutsche im Herfahren immer wieder nannte, abzuholen.

»Sakra«, meint er am Bahnhof halblaut für sich, »die werdn sich aa denka: beim Schiermoserbauern hausens ruckwärts! Jetz hams alleweil no den alten Marterkarrn! Aber i muaß gähend wirkli amal um an andern schaugn. I kenns selber ein.«

Damit breitet er eine Roßdecke über den brüchigen Ledersitz und zündet sich eine kurze Pfeife an.

Die beiden Rappen scharren schon ungeduldig; da ertönt das Signal, daß der Zug eben die letzte Spanne seiner Fahrt durchläuft.

Unwillkürlich zupft Franz Schiermoser seinen Rock zurecht, rückt das grüne Samthütl gerad und klopft die Pfeife aus; denn er weiß: Stadtdamen gegenüber hat man leider Gottes andere Saiten aufzuziehen wie gegen seinesgleichen.

Da biegt das Züglein auch schon um den Berg, rattert über die Brücke des Mühlbachs und fährt schließlich rauchend und prustend in den Bahnhof ein.

Franz rührt sich kaum vom Fleck.

Langsam gleitet sein Blick über alle hin, die durch das Gitter der Sperre drängen; nur mit einem kurzen Kopfnicken erwidert er den Gruß des einen oder andern Ankommenden.

Plötzlich aber durchfährt es ihn mit einem Ruck: die da drüben – die eben so flink aus dem Wagen springt und nun der alten Frau die Hand zur Hilfe reicht –, die ist es doch!

Die Rosel Scheuflein!

»Herrgott, is dees Madl sauber wordn!« fährt's ihm, ohne daß er's will, durch den Sinn.

Aber Rosalie läßt ihm nicht lang Zeit zu irgendwelchen Betrachtungen. Behend hilft sie nun auch der zweiten Dame, die Franz sogleich als die alte Rechtsrätin erkennt, aus dem Zug, überblickt rasch den Bahnhof und läuft mit dem Ruf. »Ach, da steht er ja schon, der Franzl!« lachend auf ihn zu.

Tante Adele gibt derweil schmunzelnd die Fahrkarten hin, nimmt der Rätin etliche Gepäckstücke ab und begrüßt sodann den Sohn des Schiermoserbauern aufs herzlichste.

Nur Frau Scheuflein bleibt kühl und verzieht keine Miene ihres Gesichts, als sie Franz flüchtig die Fingerspitzen reicht und kurz: »Guten Tag, Herr Schiermoser!« sagt.

Sie fühlt sich eben nicht behaglich bei den Bauern. Der Unterschied ist doch zu groß, und die Erziehung war auf ganz andere Dinge und Lebenszwecke gerichtet.

Für Rosalie aber bedeutet das Leben auf dem Lande wahrhaft eine Erholung. So wohl wie da heraußen und besonders droben auf dem Schiermoserhof hat sie sich nirgends gefühlt.

Nirgends. – Auch nicht zu Hause.

Die Art dieser Leute hat etwas Glückbringendes.

Sie ist bodenständig und stämmig, nicht kränkelnd und voller Empfindlichkeit.

Sie macht jeden, der sie versteht, zu einem festen und gesunden Menschen.

Aber um Bauernart zu verstehen, muß man den Bauernstand achten und schätzen.

Und Rosalie schätzt ihn. Und sie liebt das Landvolk. Besonders aber die Schiermoserleute.

Ist sie doch wie daheim in dem großen Bauernhof, in Haus und Stall, in Kuchel und Scheune!

Seit sieben Jahren ist sie nun jeden Sommer dort, und fühlt sich immer wieder wie ein Kind vom Haus!

Sie lebt mit und werkt mit, sie ißt mit und ruht mit – mit allen, die auf den Hof gehören. Sie spricht ihre derbe Sprache.

Sie hat gelernt, Sense und Rechen zu gebrauchen, Ochsen und Rösser zu lenken, Kälber zu tränken und selbst Kühe zu melken.

Sie lachte mit, wenn es gute Zeit gab – und sie hat mitgeseufzt und mitgebetet, wenn der Schauer schlug oder der Blitz zündete.

Und sie gilt als gleichberechtigt auf dem Hof.

Der Bauer teilt bei der Brotzeit seinen Ranken Brot mit ihr und reicht ihr seinen Krug: »Trink aa amal!«

Die Töchter gehen mit ihr zusammen zur Arbeit, zum Tanz und in die Kirche.

Die Alten im Haus nicken ihr wohlwollend zu, und das Dienstvolk freut sich, daß die feine Stadtjungfer keinen Stolz und keinen Dünkel kennt.

Die Bäuerin freilich, die hat kein gutes Wort für sie. Die verachtet alles, was hinter Stadtmauern geboren und erzogen wurde.

Für sie gilt nur das, was auf der heimischen Scholle wuchs.

Aber darin gleicht sie ja der Rätin. Die denkt über die Bauern ungefähr dasselbe.

Für sie sind die Landleute nicht viel mehr als ein notwendiges Übel – melkende Kühe –, arbeitende, essenschaffende Tiere, denen man ein gutes Gesicht zeigen muß, damit sie nicht aufhören zu werken und zu geben.

Darum fällt auch ihr Gruß dem Franz gegenüber so frostig aus.

Doch das schadet der allgemeinen Wiedersehensfreude gar nicht. Franz fragt, Tante Adele fragt, und Rosalie erzählt und fragt bunt durcheinander, ohne sich irgendwie um das mißbilligende Kopfschütteln und die zornigen Blicke der Mutter zu kümmern.

Schnell ist das Gepäck in der Kutsche untergebracht, und die beiden Damen nehmen auf den breiten, zusammengesessenen Polstern Platz.

Rosalie soll den Rücksitz einnehmen, aber sie meint lachend: »Franzl, i setz mi zu dir! I möcht sehn, ob i's Kutschieren net verlernt hab den Winter über!«

Und obgleich die Rätin über dieses beispiellose Betragen ihrer Tochter, die doch nun Braut ist, schier in Ohnmacht fällt, klettert das Mädchen doch lachend auf den Kutschersitz und ergreift die Zügel.

»Hüh, Rappeln!« Ein Schnalzen mit der Zunge, und dahin geht's in lustiger Fahrt durch den Marktflecken, hinaus in die blühende Landschaft, vorbei an jungen Saatfeldern, duftenden Heuwiesen und hinauf über die Anhöhe, Berganger zu.

»Und was macht der Vater, Franzl?« fragt Rosalie so mitten unterm Reden. »Is er noch alleweil gsund? Führt er's Regiment no so wie sonst? – Und wie geht's der Großmutter und 'm Großvater? – Und der Mutter? – Hats d' Stadtleut alleweil no so dick wie früher? Sinds ihr immer noch so zwider?« Franz wird einen Augenblick verlegen.

»Mei' Frailn Roserl, dees woaßt scho: sie ist halt no oane vom alten Schlag, d' Muatta«, meint er dann, »sie woaß halt net anderscht. Und alle Tag älter und harber werds halt aa. Die alten Leut san alle mitanand a bißl z'wider und seltsam, wähn i.«

Dies letzte flüstert er ihr ganz leise ins Ohr, damit es die Rätin und die Schwägerin nicht hören.

Als das Fuhrwerk die Anhöhe erreicht hat und Rosalie Berganger mitsamt dem großmächtigen Schiermoserhof vor sich liegen sieht, da kann sie nicht anders: sie lacht laut vor Freude und ruft aus: »Herrgott, Franzl, du kannst dir gar net einbilden, wie i mi freu, daß i wieder da bin! Es is mir grad, als tät i heimfahren!«

Da streift sie ein langer Blick des jungen Bauern, und er denkt: »Schad, daß 's a Stadtmadl is. Dees waar a Bäuerin für mi gwen – oane nach dem neuen Schlag – a resche ...«

Und er rückt ganz nahe an sie heran. [...]

Die Rätin ist damit beschäftigt, ihre Sommerwohnung »menschenwürdig« zu gestalten, wie sie es nennt.

Ein Wust von Deckchen und Spitzen, von Bildchen, Photographien und Nippsachen liegt um sie herum, und ein Berg von Schlummerrollen und Sofakissen türmt sich auf dem Tische auf.

Eine Wolke von Wohlgerüchen strömt aus einem kleinen zerdrückten Körbchen, welches leider nur mehr die Scherben einiger Parfümflaschen und Hautkremdosen enthält.

Die Laune der alten Dame ist ganz unerträglich, und sowohl Tante Adele als auch Rosalie haben sich gleich nach dem Frühstück aus dem Staub gemacht und sie ihrem Schicksal überlassen.

Besonders Rosalie, die es herzlich satt hat, innerhalb einer Stunde etwa hundertmal zu hören: »Aber Rosalie! Du bist doch verlobt! Das schickt sich doch nicht für eine Braut! Was soll denn dein Verlobter sagen, wenn er das und das und das erfährt ...«

Unwillkürlich kommt Rosalie die Entgegnung auf die Lippen: »Na, so soll er's doch erfahren! Jetzt bin ich auf dem Land, und da leb ich so – und wenn ich wieder in der Stadt bin, leb ich wieder anders. Und mein Verlobter kann mir heut noch ...«

Sie hält erschrocken inne und rennt mit hochrotem Kopf davon. Weh tun will sie der alten Dame, die so große Hoffnungen auf diese Heirat setzt, doch nicht.

Da räumt sie lieber das Feld.

Drunten beim Schiermoser ist bereits alles auf den Feldern und Wiesen bei der Arbeit.

Nur die alte Großmutter sitzt wie immer auf der Hausbank und strickt an ihrem ewigen Strumpf.

Und der Großvater steht unter der Stalltür und knüpft eine neue Geißelschnur an den Haselnußstecken, indem er halblaut vor sich hinschwatzt und murmelt.

Da kommt Rosalie im bäuerischen Leibchenrock und hemdärmelig aus dem Haus, bindet sich eine blaue härwene Schürze um und fragt: »Großmuatta, wo is der Schiermoser?«

»Warum fragst?« erwidert die Alte zwischen Unwillen und Mißtrauen.

»Weil i eahm helfa möcht«, erwidert Rosalie.

»Soo, soo. Was möchst eahm denn nachher helfa?«

»No mei, was i eahm halt helfen kann. Z'sammrechan, häufeln, owerfa ...«

»Ja freili! Sinst nix mehr!« ruft da die Alte aus. »Da kunnts weiter net zuageh! Moanst, daß dee ohne di nix z'wegn bringa? Dee brauchan di net! Aber scho gar net aa! Ha! Sie! d' Stadterin!«

Rosalie wird brennrot vor Zorn und Ärger über die »Stadterin«; und sie kann nicht anders, sie muß der Alten zur Antwort geben: »Ha, daß jetz die alten Weiber gar so zwider san!«

Dies ist aber nicht wohlgetan. Denn schon die Erwiderung der Großmutter: »O du Stadtschnappen, du zahnete!« zeigt ihr, daß sie sich hier einen Feind geschaffen hat trotz Pantoffeln und Halstüchlein.

Aber sie macht sich nicht allzu viel daraus.

Summend geht sie zum Großvater hin und schreit ihm ins Ohr: »Werd heunt eingführt, weilst d' Goaßl neu machst?«

Und der Alte erklärt ihr, ohne sie ganz verstanden zu haben: »A neue Schnur hab i ei'knüpft, weil der Franzl nachher glei eispannt. Z'erscht fahrns in Kleepoint und nachn Essen a fünf a sechs Fuada Heu.«

In diesem Augenblick kommt auch schon der kleine Ochsenbub gerannt und brüllt: »Eispanna sollst! Den kurzn Truchawagn und d' Ochsen! In Bruckmoser Klee hintre zum Franzl!«

Und damit rennt er hinein ins Haus und in die Kuchel, wo die Schiermoserin schwitzend vor dem Herd steht und Roggennudeln backt.

»Brotzeit!« schreit der Tropf, schneidet sich einen Ranken Brot ab, trinkt aus einer Schüssel voll abgeblasener Milch einen gehörigen Schluck und läuft darnach hinaus in die Speisekammer um das Bier für die Knechte.

Rosalie hat derweil draußen dem Großvater geholfen, den Wagen aus der Schupfe zu schieben und die Ochsen einzuspannen.

Und sie nimmt die neue Geißel, stellt sich auf den Wagen und ruft ganz in der Art und im Ton des Franz Schiermoser: »Wühlöh, Alter! Geh, Handiger, geh! Hüah, hottöh!«

Der Großvater schaut ihr lachend nach.

Die Großmutter aber murmelt etwas von »frechem Stadtgesindel« und strickt dazu, daß die Nadeln klappern.

Inzwischen kommt der Ochsenbub beladen mit Bier und Brot aus dem Haus und denkt, er könne seine Last schön auf den Wagen tun und sich selber gut dazu. Derweil sieht er aber das Fuhrwerk schon drunten am Feldkreuz um die Ecke biegen und gegen den Bruckmoser Klee zufahren.

Also bleibt ihm nichts anderes übrig, als schwerbepackt hinterdrein zu tappen und sich gleichfalls sein Teil zu denken über die Städtischen.

Rosalie ist's, als hätte sie niemals in ihrem Leben etwas anderes getan, als Ochsen geführt. Mit einem Gemisch von Abscheu und Angst denkt sie an die Zeit, da sie als Frau Assessor von Rödern drinnen in der Stadt ihre Tage wird verbringen müssen; da sie in vornehmen Badeorten wird herumstolzieren müssen; da sie nie mehr wird dies sorglose und unbekümmerte Leben führen, nie mehr so wie heute wird fröhlich lachen können.

Doch – noch sind ja die Tage gesunder Lust und fröhlichen Schaffens! Noch kann sie ja lachen!

Noch ist sie ja ein freies Geschöpf unseres Herrgotts, das sich noch freuen darf über seinen Sonnenschein und an seiner Welt!

Eine große Lustigkeit überkommt sie, und sie begrüßt Franz, der mit einer Dirn den frischgemähten Klee zum Auflegen häuft, sehr munter und herzlich.

»Gell, da schaust, Franzl!« ruft sie, indem sie vom Wagen springt. »Auf *den* Ochsenbubn hast gar nimmer denkt ghabt!«

»Aber er is mir liaber wia der ander!« erwidert dieser lachend.

»Und wenn i a Stadtherr waar, nachher müaßt i no an schlechtn Witz macha: Da möcht i aa a Ochs sei, bal i an solchen Knecht kriagat!«

Rosalie droht ihm mit der Geißel.

Dabei aber fährt ihr doch eine flammende Röte übers Gesicht; besonders, da Franz sie auf Ja und Nein bei den Hüften faßt, in die Höhe hebt und mit seltsamem Lachen wieder auf den Boden stellt.

»Du bist scho a sakrisches Luadamadl!« sagt er heiser. »Du brachtest an Eiszapfa aa zum Siadn!«

In diesem Augenblick aber trifft ihn beißend ein Hieb mit der Geißel, Rosalie gebietet ihm wütend Schweigen und sagt rauh: »An Klee sollst auflegn!«

Da wendet er sich schnell und verlegen seiner Arbeit zu.

Nun sind es bereits vier Tage, daß die Rechtsrätin samt Tochter und Schwägerin auf dem Land ist.

Und da fällt es der alten Dame plötzlich auf, daß Rosaliens Verlobter immer noch nicht geschrieben hat.

Daher frägt sie am Nachmittag erst die Schwägerin und danach ihre Tochter: »Ist immer noch keine Post da? Daß der Assessor nicht schreibt!«

Worauf Rosalie mit großem Gleichmut erwidert: »Wahrscheinlich, weil er unsere Adress' nicht weiß.«

Die Rätin starrt sie erschrocken an.

»Ja, hast du ihm denn nicht gesagt ...«

»Ich hab ihm gar nichts gesagt!« entgegnet ihr das Mädchen, nun doch errötend.

Die Rätin wird immer erregter.

»Und du hast auch nicht geschrieben ...?«

»Nein. Ich hab keine Zeit gehabt.«

Rosalie ist nicht sehr wohl zumut. Doch verbirgt sie ihre Verlegenheit hinter einer großen Gereiztheit.

»Ich hab überhaupt nicht so viel Zeit, wie du glaubst, Mama!« ruft sie aus. »Ich hab doch wirklich jetzt was anders z'tun, als Liebesbrief zu schreibn! Ich denk, ich muß mich doch in erster Linie – erholen!«

Und damit läuft sie auch schon aus der Stube und hinunter in den Hof.

Des Schiermosers Franz spannt eben ein Fuhrwerk ein. Rosalie greift sogleich helfend mit an.

»Wo fahrst denn hin, Franzl?«

»In d' Kumpfmühl ums Mehl«, erwidert ihr der Bursch freundlich, »bals di gfreut, derfst mitfahrn!«

»Obs mi gfreut! Freili! Gern mag i!«

Und während droben die Rätin erbittert und verzweifelt über die Unart ihrer Tochter Tränen vergießt und sich danach hinsetzt, um dem Herrn Assessor einen mustergültigen Höflichkeits- und Komplimentierbrief zu schreiben, kutschiert Rosalie scherzend und lachend, ist voller Übermut und tut, als wär' sie die Großbäuerin von Gott weiß woher.

Erst drunten im Marktflecken fällt ihr ein, sie könnt am End doch schnell ihrem Verlobten ein paar Zeilen schreiben.

Darum sagt sie zum Franzl: »Du, i steig ab. I muaß gschwind was bsorgn. I komm darnach scho hintre in d' Mühl.«

Damit springt sie vom Wagen, geht auf die Post und schreibt folgende Karte: »Aus Berganger sendet freundlichen Gruß Rosalie Scheuflein.«

Darnach macht sie sich zufrieden wieder auf den Weg nach der Kumpfmühle. Dort bezahlt Franz eben das Mahlgeld, während ihm der Mühlbursche den Wagen mit schweren Säcken voll Brotmehl, Nudelmehl und Kleie belädt.

Die Müllerin steht schon eine Weile am Fenster und schaut neugierig hinaus auf die Straße, wer wohl das stämmige Weibsbild sein könnte, das da so rasch und rüstig des Wegs kommt.

Und da Rosalie ganz nahe am Haus ist, hält die Alte es nimmer aus auf ihrem Auslug.

Wie die Kreuzspinne aus ihrem Winkel fährt, kaum daß sie eine Fliege im Netz erblickt hat, so rennt auch sie jetzt hastig unter die Tür und starrt auf das Mädchen.

»Is jetz dees net …?«

In diesem Augenblick aber hat Franz seine Schuldigkeit beim Kumpfmüller bereinigt, dem Burschen sein Trinkgeld gegeben und ruft nun lachend Rosalie zu: »Guat derraten hast es, Roserl!

Akrat mitanand san mir firti wordn! Jetz sitz auf, nachher fahrn mir hoam zua!«

Da die Kumpfmüllerin nun diese Worte vernimmt, schaut sie erst einen Augenblick drein, als hätte sie nicht recht gehört. Dann aber geht plötzlich ein verstehendes Leuchten über ihr ganzes Gesicht. Ein pfiffiges Lächeln weitet ihren zahnlosen Mund, und sie stößt ihren Eheherrn vertraulich in die Seite.

»He du! Hast es gsehgn? Der Schiermosersfranzl und d' Sommerfrischlerin! Es schlagn halt doch a diammalen aa die Kinder von de Großkopfatn aus der Art. Dees hätt si aa neamd traama lassn, daß der amal a Stadtscheesn auf'n Schiermoserhof bracht!«

Und diese Entdeckung prickelt ihr so in allen Gliedern und auf der Zunge, daß sie sogleich zur Huberbäuerin, ihrer Nachbarin, hinüberlaufen muß, um ihr die große Neuigkeit zu berichten.

Bei der Huberbäuerin aber sitzt gerade die alte Näherin, die Kathl, auf der Stör, und mit ihr noch zwei schwatzhafte Nähmädchen als Helferinnen.

Und so kommt es, daß am andern Tag abends nach der Herz-Jesu-Andacht drunten in Glonn die Kathl der Kramerin und die Müllerin der Bäckerin und die Nähmädchen ihren Kameradinnen das Allerneueste mitteilen: »Wißts ihr's schon! Der Franzl vom Schiermoser ...«

Und die Wimmerin und die Pfeifferin, die Hürblerin und die Strieglin, jede Bäuerin und jedes Häuslweib werden 's inne: »Der Franzl hat die Stadtmamsell, die Sommerfrischlerin, zu einem ›Gschpiel‹ erkoren!«

Wie es halt so oft bei den Weiberleuten ist, daß sie schon Regen spüren, noch ehe die Wolken kommen, und daß sie schon das Maul wetzen, noch bevor sie was zu reden wissen!

Die Heuernte ist vorbei; die Getreideernte beginnt.

Bei Schiermosers haben sie ein paar neue Knechte zum Mähen und ein paar Weiber aus dem Markt zur Hilfe beim Garbenbinden und Mandlmachen eingestellt.

Denn unser Herrgott hat gut Wetter werden lassen und schickt den Schnittern klare Nächte und dem Getreide heiße Tage.

Und die Zeit geht hin in harter Arbeit und kurzem, bleischweren Schlaf.

Das verspürt nun auch Rosalie, die sich seit einer Weile schon nicht mehr recht wohl fühlt auf dem Hof.

Aber es ist nicht allein des Tages Müh und die kurze Ruh, was sie aus dem Gleichgewicht gebracht hat; es ist nicht das ständige Schelten der Mutter über ihre Gleichgültigkeit gegen den Bräutigam und über ihr stetes Verweilen unter dem Bauernvolk; nein, etwas anderes nimmt dem Mädchen die Ruhe und Sicherheit.

Sie sieht auf Schritt und Tritt die Weiber verstohlen mit Fingern auf sie deuten, sie hört ein Tuscheln und Flüstern, sobald sie allein oder mit Franz die Stube oder die Scheune verläßt.

Dieses heimliche Reden hinter ihrem Rücken raubt ihr alle Lust zur Arbeit.

Und da eben wieder eine Woche zu End ist und der Sonntag kommt, da sagt sie zu Franz: »Du, Franzl, i muß dir was sagn. I bin net ganz gut beinand und kann enk auf d' Woch nimmer helfa. Und überhaupts muß i mi jetzt aa schee langsam um mei Aussteuer kümmern. I heirat doch im Winter!«

Dieser Augenblick ist es, der sie beide sehend werden läßt.

Denn kaum hat sie das Wort gesagt, spürt sie ein Würgen in der Kehle, und etwas in ihr schreit und tobt: »Es wird ein Unglück – es geht schlecht aus! Denn er ist der Unrechte! Der Rechte ... Herrgott ... der steht ja ...«

Ja, ja. Er steht vor ihr. Er weiß es selber.

Und daß sie für ihn die Rechte wär, das weiß er auch.

Minutenlang stehen beide wortlos da. Franz ist der erste, der sich selber und ein paar Worte findet.

»Soo soo. Im Winter heiratst. Und net guat beinand bist, sagst. Nachher laß i di aber heunt net z' Fuaß in d' Kirch abegeh auf Glonn. Da is scho gscheidter, du fahrst. I spann dir dees kloane Scheesl ei.«

Rosalie schüttelt den Kopf.

»Naa, Franzl. I bleib dahoam heunt.«

In diesem Augenblick kommt Tante Adele die Stiege herab und sieht die beiden.

»Ja, was is's denn?« ruft sie aus. »Was stehts denn da, als ob enk d' Henna 's Brot gnomma hättn?«

Rosalie versucht zu lächeln.

»Ah nix, Tante. I hab nur gsagt, daß i heut net mitgeh in d' Kirch.«

Und da sie das erstaunte Gesicht von Adele sieht, fügt sie schnell hinzu: »Weil i a bissl überarbeit't bin. Da wird mir der Weg z'weit.«
Worauf aber Franz sofort wiederholt: »Drum will i 's Wagl eispanna.«
Tante Adele nickt: »Freili!«
Aber Rosalie sagt nein und würde wohl auch ihren Willen durchsetzen, wenn nicht im selben Augenblick der Schiermoser aus dem Haus käme und sagte: »Was is's, Franzl? Eispanna! I muaß schaugn, daß i abe kimm auf Glonn! Markt is! Sinst kaaffan mir dee Bazi dees Besser' weg und lassen nix mehr übri wia lauter Schinderbratn!«
Und er beginnt sogleich mit Rosalie über den Roßhandel zu reden und schwatzt mit ihr, bis Franz das Fuhrwerk gerichtet hat.
Da sagt er: »So Bua. Jetz hock auf. Und du, Rosl, hockst di in d' Mitt, und i hab aa no Platz daherent.«
Damit schiebt er auch schon Rosalie zum Fuhrwerk, hebt sie halb hinauf und steigt auf.
Und Franzl tut, als wär nichts geschehen, sagt Tante Adele Pfüagott und fährt weg.
Drunten in Glonn wurlts von Menschen.
Denn es ist Jahrmarkt und Viehmarkt. Auf dem Platz vor der Kirche stehen die fliegenden Stände der Händler, der »Prater« für die Kinder und der Wagen der berühmten Turmseilkünstler.
Hinter dem Postwirtsgarten aber sind in langen Reihen Kühe, Ochsen und Pferde angekettet und harren gleich ihren Besitzern, die einen stumpfsinnig, die andern aufgeregt, auf ihre Liebhaber und Käufer.
Die Kirche ist übervoll, und der Pfarrer vermag sich kaum durchzuschieben durch die Menge, da er ihr den letzten Weichbrunn und Segen mit auf den Heimweg gibt.
In einem dichten Schwarm ergießt sich die Menge nun in den Gottesacker und hinaus auf den Marktplatz.
Laut lachend und stänkernd kommen als erste die Burschen, ernst und bedächtig reden die Männer. Verstohlen kichernd und zu den Burschen hinschielend die Maidln, in seidenen Gewändern prunkend und über die schlechten Zeiten jammernd die Bäuerinnen und ganz zuletzt, mit sich selber schwatzend, den Rosenkranz in den knöchernen Fingern, die Alten.
Und drunten beim Unterwirt dampfen die Lungenwürste und der Leberkäs, droben beim Oberwirt duften die Braten und So-

ßen, und drüben beim Posthalter rollt man einen Banzen um den andern auf den Ganter, und die Kellnerinnen rufen und schreien sich schier heiser: »Kriagst a Maß? Du aa oane? Ös zwee aa a Maß?« Und hinten bei den Barren stehen die Bauern, greifen den Kühen an die Bäuche und den Ochsen an das Genick, schauen den Rössern ins Maul und befühlen ihre Fesseln und Hufe; indes vorne bei den Dultständen wiederum ein Anpreisen und Einladen, ein Markten und Schimpfen durcheinanderschwirrt, daß man sein eigenes Wort kaum mehr hört.

Da plärrt die Lebzelterin: »An süaßen Honigzelten, an Lebzelten, a Busserl, a Platzerl hab i no! Einkaaft, einkaaft, gehts her und suachts enk was aus!«

Und de blecherne Geschirrfrau tut, als bete sie die Litanei von allen Heiligen: »Große Degerl, kloane Degerl, weiße Schüsserl, blaue Schüsserl, Milliweidling, Suppenseiher, Hafadeckel, Nudlpfannen, was geht ab?«

Oder die tucherne Annemirl mit ihren Schätzen!

»Scheene Schmieserl, feine Kragerl, guate Pfoad und warme Strümpf! Ausgsuacht Leutln! Spitzerln, Knöpf und Hosentrager! Litzerl, Banderl, Fingerhüat!«

Und droben auf dem hohen Turmseil wiegt sich im rosenfarbenen Trikot ein üppiges Mädchen mit Papierrosen in den dunklen Locken und veranlaßt manche Bäuerin und manche Dirn, dem mit lüsternen Augen und wässerigem Maul dastehenden Begleiter einen derben Rippenstoß zu geben und eine Predigt zu halten: »Daß d' fei hänga bleibst da drobn an dem Strick! Schaamst di net! Dees nackate Weibsbild da drobn gafft er o. Aber inseroaner is dees ganz Jahr der Aff ...«

Und die alten Weiber bekreuzigen sich und klagen. »Bruader! Dees is aa so a Nazion! Da is der Antichrist nimmer weit, wenns jetz scho nackat in Himmel auffe steign!«

Die alte Schiermosermutter und ihre Tochter, die Schiermoserin, sind schon in aller Früh fort von daheim. Denn es ist so der Brauch bei ihnen, daß sie immer am Jahrmarktstag zum Tisch des Herrn gehen.

Und so findet man sie jetzt, da die meisten Leute erst anfangen, sich umzuschauen und einzukaufen, schon hochbepackt auf dem Weg zum Postwirt.

Denn dort hat der Schiermoser das Fuhrwerk eingestellt, und

die Bäuerin hätt' gern, daß etliches von dem Gekauften auf den Wagen kommt.

Unterwegs treffen die beiden eine entfernte Base, die sie sogleich mit den Worten begrüßt: »Aha, Basln, habts einkaaft fürn Hochzeiter! Wann is's denn scho? Leicht gar am Kirta?«

Die Schiermoserin vermeint nicht recht gehört zu haben.

»Was is's mitn Kirta?« fragt sie zurück.

»Wann daß d' Hochzat scho is, möcht i wissen!« wiederholt das Basl.

»Was für a Hochzeit?«

»No, dee vom Franzl!«

Jetzt muß sie lachen, die Schiermoserin.

»Insan Franzl sei Hochzat? Was redst denn jetz da für an Schwefe' daher! I glaab gar, du hast es nimmer ganz richti da dobn in dein Hirn!«

Die Base tut beleidigt.

»Geh, Herrschaftseitn! Teats do net gar so verstohln! Warum derf denn dees neamd wissen, daß er heirat't, der Franzl?«

Nun werden sie aber wirklich wild, die beiden Schiermoserinnen.

»Jetz schaugt nur oa Mensch dees narrisch Weibsbild o!« begehrt die Bäuerin auf. »Die moant jetz akrat, sie kann oan derblecka! Aber da brennst di, mei Liabe! Da is's weit gfeit!«

Und die Alte meint: »Da müaßat do inseroane aa epps wissen, wenns a so waar! Mir müaßatns überhaupts ehanda wissen, wia der Bua selm. Und mir wissen vo koana Hochzeiterin gar nix. Überhaupts gar nix aa! Ham mir net amal an Gedanka drauf ghabt!«

»Naa, gar nia net!« bestätigt die Junge. »Weils der Bauer no lang net in Sinn hat, 's Übergebn! No lang net! Er net und i net!«

»Und weil si bei ins überhaupts oane schwaar tuat mitn Einaheiratn!« fügt die Großmutter hinzu, »denn mir stehn net o auf a neue Bäuerin. Warum? Weil *sie* da is – und i da bin – und d' Deandln da sand.«

»Und solang als der Franzl net selm sagt: ›Jetz möcht i heiratn‹, so lang schaugn mir ins aa net um – um a Hochzeiterin!« sagt die Schiermoserin bestimmt.

Da wird das Baserl nachdenklich, schüttelt den Kopf und meint: »Jetz da schaug her! Da bin i jetz ganz vürn Kopf gstößn! A so gehts, bal ma an Leutn epps glaabt!«

Die beiden horchen auf.
»Warum dees?«
Die Base ist entrüstet.
»Weils wahr aa is! Verzählt mir heunt d' Kramerzenz, daß der Franzl a so a sauberne Hochzeiterin hat – oane von der Stadt außa – a ganz a bsunderne. Habs scho glei net recht glaabn wolln! Aber nachher hats d' Schneiderlies und d' Bäckin und d' Wagnerurschl aa für gwiß und wahrhafti gsagt; – no, nachher hab i's halt do glaabn müassn!«

Die Schiermoserin vermeint in den Erdboden versinken zu müssen bei dieser Enthüllung.

Und die Großmutter hat kein Wort mehr vor Entsetzen. Sie bringt nur noch ein Quieksen und Glucksen heraus und ein in den höchsten Tönen der Entrüstung ausgestoßenes: »Aah! Aah!«

Worauf die Schiermoserin sich langsam erholt und in ein wütendes Schelten ausbricht über dies Geschwätz, über alle Stadtleut, über Scheufleins und besonders über Rosalie.

Und sie verabschiedet sich mit der Drohung: »Dem Gredats mach i a End, dees woaß i! Heut no muaß's mir aus'n Haus, dee Stadtscheesn, die zsammzupfte!«

Während der Schiermoserin dieses widerfährt, hat ihr Eheherr drüben am Viehmarkt ein paar schöne Rösser erstanden und will sie eben einem seiner Knechte übergeben, daß er sie heimweise.

Da klopft ihm jemand auf die Schulter; und als er sich umwendet, steht der Dorfschreiner vor ihm.

»Is guat, daß i di triff, Schiermoser!« sagt er. »Scho lang suach i di alleweil. I hätt epps für di.«

»Für mi?« Der Bauer schüttelt ungläubig den Kopf. »Was eppa?«

Der Schreiner tut vertraulich. »A Einrichtung – a scheene, oachane mit zwoa Spiagel und an Spiaglkastn.«

Der Schiermoser starrt den Schreiner verständnislos an.

»A Einrichtung sagst? – I brauch koa Einrichtung. Mei Haus is eh eingricht. I brauch gar nix.«

»Daß du nix mehr brauchst, dees woaß ma so. Zwegn deiner sag i's aa net. Aber zwegn dein' Buam, zwegn dein Franzl.«

Der Schiermoser schüttelt den Kopf

»Xaverl, da bist irr. Mei Franzl braucht aa koa Einrichtung.«

Jetzt wird er deutlicher, der Schreiner.

»Aa net, sagst? Nachher hat leicht *sie* d' Möbel?«
»Wer, sie?«
»Jessas, jessas naa, konn dir der dumm fragn!« ruft nun der Schreiner ärgerlich aus: »Wer, sie! Wer anderscht als wia d' Hochzeiterin vo deim' Buam!«
Der Schiermoser muß lachen.
»Wia hast jetz gsagt? D' Hochzeiterin vo mein' Buam hast gsagt? Mei liaber Xaverl, jetz glaab i's, daß dei Verstand a Loch hat. I woaß nix von ara Hochzeiterin.«
Dies ist dem Schreiner aber denn doch zu viel.
»Also, Schiermoser«, sagt er, »i will dir was sagn: Bal sie d' Sach von der Stadt außa bringt – oder bal eppa der Franzl gar hinei heirat in d' Stadt –, nachher woaß ma ja selm, daß's nix is mit meiner Einrichtung. – Aber, verstanden, zwegn dem brauchst oan du no lang net a so für an Narrn z' halten und so saudumm daherz'redn! Dees is ja scho epps Alts, daß dene Stadtmadamen 's Bauernsach hint und vorn net guat gnua is! Und daß enk d' Bauernweibsbilder net fein gnua san. Aber leugna brauchst es net, bals a so is!«
Der Schiermoser hat mit wachsendem Erstaunen zugehört. Plötzlich aber geht ihm die Wahrheit auf.
»Vo wem redst denn du?« fragt er heiser, obwohl er sich die Antwort bereits denken kann.
Doch diese letzte Frage erzürnt den guten Schreiner so sehr, daß er keine andere Antwort mehr darauf findet, als: »Jetz, da hört si aber do scho all's auf! A so a scheinheiliger Hansdampf!« Worauf er giftig ausspeit und den Bauern einfach stehen läßt.
Der Schiermoser aber vergißt frei, daß er ja Rösser gekauft hat und daß der Knecht dasteht und wartet.
Er starrt stumpfsinnig für sich hin und fragt sich selber zum soundsovielten Male: »Was hat jetz der gmoant? Daß insa Bua und d' Stadterin – d' Rosel ... Ja, ist denn der Tropf narrisch!«
Der Knecht reißt ihn aus seinem Grübeln und Sinnieren. »Is sinst no epps z'toa, Bauer?«
»Naa«, sagt der Schiermoser und besinnt sich, daß ja die Rösser heim sollen.
»Naa. D' Ross' weis'st hoam und tuast es glei fuattern. Gib eahna aber den hintern Stand, daß s'net zum Fuchsen zuawekemman. Net daß sie si verbeißen.«

Eine Weile schaut er noch gedankenlos dem Gang der Rösser nach, dann wendet er sich langsam dem Postwirtsgarten zu.

»A Maß mag i!«

Das Bier ist nicht schlecht. Aber auch hier hat er bald allerhand Blicke auszuhalten, allerhand Fragen und verdruckte Reden anzuhören, die ihm rasch das Blut gallig machen.

Und so sagt er, da ihn die Kellnerin fragt: »Magst no a Maß, Schiermoser?«, barsch: »Naa. I geh.«

Und macht sich verärgert auf den Weg zum Wagen.

Da findet er schon seine Bäuerin samt der Großmutter, blaurot im Gesicht wie zwei Biberhennen und auf ihn losfahrend wie die Hornissen.

»Mach, daß d' einspannst! Daß mir furtkemman von da!« sagt die Junge wild. »I glang jetz. I hab mir gnua ghört!«

Und die Alte fügt bissig bei: »Jetz habts es wenigstens mit enkane Sommerfrischler! Jetz wißts, was daß dee wolln.«

Der Schiermoser starrt gegen die Dultstände hin.

»Dees is a sauberne Gschicht. Wer hats enk denn verratn?« Aber er hört nicht mehr auf die Antwort hin.

Denn sein Blick hat eben etwas aufgefangen.

Dort vorne, vor dem Stand des Goldschmiedes, da steht sein Sohn, der Franz, hat die Stadtjungfer bei der Hand und zeigt ihr mit dem zuckersüßesten Gesicht einen Ring! Wahrhaftig einen Ring! Der Lottersbub, der miserable!

Die Schiermoserin folgt unwillkürlich den Blicken ihres Eheherrn.

Da sieht auch sie die beiden. Und sie will augenblicklich hin und sie auseinandertreiben! Gleich auf der Stell!

Mit Müh und Not kann sie der besonnenere Bauer davon abbringen, durch einen Streit auf dem Markt die Schande auch noch öffentlich zu machen.

Aber nun drängt sie erst recht aufs Einspannen, die Bäuerin.

»I spann glei ei«, sagt er drauf. »jetz muaß i alleweil erst warten, bis s' da sand.«

»Zu was?«

»Noo, zum Hoamfahrn halt.«

Die Schiermoserin schnappt nach Luft.

»Was? Dees Weibsbild willst wieder aufsitzen lassen? Dee Stadtflugga? Dees waar ja glei recht! Ha! Und i als Bäuerin durft laaffa!

Naa, mei Liaber! Jetz tanz' ma amal anderscht uma! Jetz fahrn amal mir zwee! Da, Mutta, hock di nur auf! Und i hock mi aa auf. Und bals dir derbarmt, dees Weibsbild, nachher kannst eahm ja a Roß zum Hoamreitn kaaffa!«

Und damit schiebt sie erst die Alte auf den Wagen und setzt sich breit und vollgewichtig mit einem haßerfüllten Blick gegen die beiden nichtsahnenden Menschen auf den Sitz zur Rechten der Großmutter, noch ehe der Bauer das Roß aus dem Stall geholt und eingespannt hat.

Ja, sie läßt nicht einmal mehr ihn aufsitzen! Gebieterisch greift sie nach den Zügeln, nimmt die Peitsche und fährt so scharf an, daß der Braune sich bäumt und die Großmutter laut aufkreischt: »Mariand Josix!«

Und mit fest aufeinandergepreßten Lippen fährt sie davon.

»Narrischer Teife!« murmelt der Schiermoser und schaut ihr nach, bis sie hinter den Häusern verschwunden ist.

Mißmutig wendet er sich danach zum Gehen, mit den Blicken die beiden suchend, die ihm heute den Tag also verdorben haben.

Aber weder Franz noch Rosalie sind mehr zu sehen.

Und so macht er sich verärgert auf den Heimweg, scheltend über die Leut, über seine eheliche Hausfrau, über die Alte und über die beiden. Was er nur getrieben hat, der Malefizbub, daß die Leut so reden können?

Langsam setzt er einen Rohrstiefel vor den anderen, stößt mit dem weichselbaumernen Gehstecken die Steine weg, die ihm in der Bahn liegen, und schaut sinnierend grad vor sich hin auf den Boden.

So kommt er auf die Höhe des Berges.

Da sieht er, wie die Nanndl vom Straßlerbauern mit seinem Sohn, dem Franz, eifrig auf ihn einredend, langsam hinter einem sauberen Fuhrwerk hergeht.

Das frisch lackierte Lederdach der Chaise ist aufgespannt, und so sieht er nicht, wessen Fuhrwerk es ist und wer es lenkt.

Aber daß die Nanndl etwas sehr Gewichtiges mit seinem Sohn verhandelt, das sieht er.

Denn sie redet schier mit dem ganzen Körper!

Und zu guter Letzt schlingt sie gar ihre beiden Arme auf offener Straße um seinen Hals und hängt sich an ihn!

Der Schiermoser pfeift durch die Zähne und wendet sich ab.

Er muß lachen.

»Also a so steht dee Sach mit dem Tropf!« sagt er zu sich selber. »O die Rindviecher da drunt am Markt! Wenns jetz dees wieder sehng kunnten, nachher hoaßets do morgen ganz gwiß: Der Schiermoserfranzl und d' Straßlernanndl ham si mitanand versprocha! Und dabei is sicherli an dera Gschicht so weng epps Wahrs wia an der andern!«

Er lacht belustigt vor sich hin.

Oh, er kennt doch seinen Sohn! Der ist doch nicht aus der Art geschlagen!

»Der werds jetzt naher anderscht macha, als wia's i gmacht hab als a Junga!« murmelt er. »Bal oana a guater Schmied is, nachher legt er si alleweil z'erscht a drei, – a vier Probiereisen ins Feuer, bis er dees fünfte oder sechste amal wirkli schwoaßt! Und nachher is's oft no z'fruah! Recht hat er, der Franzl!«

Langsam dreht er sich wieder den beiden zu und sieht nun, wie das Fuhrwerk vor dem Hof des Straßlerbauern hält, wie die Rosel absteigt und sich bei der Nanndl bedankt, und wie sie darnach lachend und schwatzend mit dem Franzl zu Fuß weitergeht, indes die Nanndl noch eine Weile wie angenagelt am Fleck stehen bleibt, die Fäuste ballt und schließlich dem Gaul etliche derbe Schläge in die Weichen versetzt, so daß er erschreckt auffährt und scheut.

Und wenn nicht der Schiermoser grad rechtzeitig hinkäme zum Anhalten, könnte es wohl leicht geschehen, daß ihr das Roß noch vor der Stalltür durchginge!

So aber verläuft die Geschichte noch gut und der Schiermoser weist ihr das zitternde Pferd in den Hof, indem er sagt: »Daß d' gar so grob bist, Nanndl! Was hat er dir denn to, mein Franzl, daß d' an solchen Gift hast auf eahm?«

Die Nanndl lacht ein verlegenes, geziertes Lachen.

»Ja freili! Grob wer i nachher sei! Wenn oan der Häuter aufn Hax auffe tritt!«

»Was für a Häuter?« fragt der Alte verschmitzt. »Hoaßt er eppa Franzl?«

»Ah geh, hör auf mit dein Gredats!« erwidert ihm die Nanndl zwischen Lachen und Zorn. »I woaß's gar net, was d' willst mit dein' Franzl!«

»I scho«, meint der Bauer und schickt sich zum Gehen an. »I woaß's guat, was i will mit eahm. Und jetz pfüate Good.«

»Du woaßt es freili, du alter Lapp!« murmelt die Nanndl verbissen. »Nix woaßt! Wennst aber wissen tatst, was i will mit dein' Franzl ...«

In tiefes Sinnieren versunken, spannt sie das Roß aus und weist es in den Stall.

Der Schiermoser aber trabt jetzt wieder ganz munter seine Straße dahin.

Also die Nanndl hätt ein Aug auf den Buben!

»Mei, dees ko ma si ja amal a Zeitl überdenka!« meint er für sich. »Und wenn si koa Besserne net findt, nachher is dee aa recht. I schatz s' alleweil auf a dreiß'gtausad Mark, d' Nanndl.«

Er schaut den Weg geradeaus. Dort, ganz vorn an der Marterlsäule geht er, der Bub.

Und hat die Rosel wahrhaftig um den Leib gefaßt.

So ein Hallodri!

Sogar der Stadtjungfer verdreht er den Kopf!

Ist übrigens schad, daß sie eine Städtische ist, die Rosl.

So ein riegelsames und tüchtiges Weibsbild muß es nimmer gebn landauf und landab!

Weiß der Teufel, wenn sie von den Bauern herstammen tät ... er wär gar nicht so sehr dawider, daß der Franzl und sie ...

Aber sie stammt ja von dieser alten Stadtmadam her!

Und hat sicherlich keinen Pfennig Geld!

Nein, sicherlich nicht.

Aber sonst ist sie ein Weibsbild, wie man sich nur grad eins wünschen kann! Und beim Zeug! In der Arbeit! Am Feld und im Stall, im Haus und mit den Rössern!

»Und gstellt! Sakramentisch guat gstellt!« lobt er, der Alte.

»Die hat net grad Holz bei der Hütten! Da is Reiser aa hiebei!«

Er wird ordentlich jung bei dem Gedanken; und sein Tritt wird immer rascher.

So kommt es, daß er die beiden vorne beim Wegkreuz einholt.

Franzl ist einen Augenblick verlegen, da der Alte plötzlich neben ihm hergeht; eine brennende Röte fährt ihm übers Gesicht.

Rosalie aber ist vergnügt und ganz anders als am Morgen.

»Gehts scho hoam?« fragt der Alte wohlwollend.

»Ja«, erwidert ihm Rosalie, »ma hat allemal glei wieder gnua an dera Gaude.«

Und mit einem leisen Lachen fügt sie bei: »Mir gehts mit der

Pratermusik und mit dera ganzen Gaude grad wia mitn Kindergschroa: a Zeitl kann i's hörn und nachher nimmer.« Der Schiermoser schielt sie betrachtend an.

»Sakra, is scho a mentisch mannigs Weibsbild!« denkt er. Laut aber sagt er: »Da derfst aber nachher net ans Heiratn denka, balst 's Kindergschroa net hörn kannst!«

»Ja no, mit dee eigna Kinder is dees wieder epps anders«, erwidert Rosalie, verlegen werdend.

»A so moanst. Werd eppa a so nimma recht lang osteh, bis d' aa ans Heiratn denkst?«

Franz horcht auf. Was hat er denn, der Vater?

Aber Rosalie geht plötzlich ganz ernsthaft auf die Frage des Alten ein und sagt ohne weiteres: »Ende November wird wohl mei Hochzeit sein.«

Jetzt ist es am Schiermoser, aufzuhorchen.

»Was? Du heiratst im November?«

»Ja. D' Mutter meint halt, je ehnder, desto besser.«

»Heiratst oan vo der Stadt?«

Rosalie verzieht den Mund zu einem bitteren ironischen Lächeln.

»Natürli an Stadtherrn! Was moanst denn, Vater! Für an Bauernburschen is doch unseroane nix! Dees werd enk ja in der Schul scho predigt, daß d' Stadtmadeln nix taugn!«

Franz fährt erregt auf. »Red net so grob daher, sag i!«

Und auch der Alte widerspricht ihr.

»Dees is net wahr, Rosl. Dees kimmt ganz drauf o. Bal oana a solcherne kriagn ko, wiast du oane bist, nachher derf er si d' Finger abschlecka, bis zu de Ellabogn hintre! Jawoi! I wollt, mei Franzl bracht mir amal a so a richtigs Leut eina, wias du oans bist!«

Rosalie ist glühend rot geworden. Das sieht ja beinahe aus, als obs dem Schiermoser gar nicht unrecht wär, wenn sie statt ihres Assessors den Franzl als Eheherrn wollte!

Schade, daß man schon bei der Haustür angelangt ist!

Wer weiß, ob nicht doch noch das Schicksal ...

»Wahrhafti kimmt er mit dem Weibsbild daher!« plärrt in dem Augenblick drinnen im Haus die Schiermoserin. »Is no net gnua, daß d' Leut redn über dee Schand – naa, er, der alt Latierl muaß aa no selber mittappen! Aber i hilf enk scho. Allsamm mitanand hilf i enk! Dir und dem Rotzer und dera Stadtscheesn! Und der alten

Schmuserin da drobn erscht recht! Heunt no müaßns mir ausn Haus! Heunt no!«

»Ja, was is denn jetz dees ...?«

Die drei sind wie vom Donner gerührt über diese Begrüßung. Aber die Schiermoserin gibt ihnen Gelegenheit, sich zu sammeln. Mit einem wilden Scheltwort schlägt sie die Haustür zu und stößt den Riegel vor.

Rosalie ist die erste, die sich fassen kann.

»I moan, die Ursach von dem Wetter kenn i!« sagt sie. »I kann mirs denken, wo der Wind herwaaht! Da is z' Glonn am Markt was ganga! Da hat jemand falsch eingsagt!«

Der Schiermoser ist ärgerlich. »Ah freili! Dees narrisch Weibsbild! Freili hams ihr falsch eingsagt! Und sie, 's Rindvieh, 's alte, glaabt alls. I möcht nur grad wissen, wers aufbracht hat, dees saudumme Gredats!«

»Was für a Gredats?« fragt Franz, dem die Zornröte auf dem Gesicht brennt.

Der Alte wehrt verächtlich ab. »Ah was! Is ja net wert, daß mans nachsagt! Is ja die hellichte Dummheit, was die Karfreitaratschena drunt verzähln!«

Franz will es ungestüm wissen. »Was is nachher dees?«

Der Schiermoser muß lachen.

»Daß du und d' Rosel mitanand versprocha seids! Daß's bald Hochzat machts!«

Franz wird einen Augenblick ganz kreidebleich. Dann schießt ihm abermals brennende Röte ins Gesicht.

»Ja ... und ...?«

Er schaut unsicher auf Rosalie.

Die steht gleich ihm mit heißem, brennrotem Kopf da.

»Und ... was wirds lang ›und‹ sein!« sagt sie rauh. »Des wißts es ja, daß i scho oan hab, an Hochzeiter! Da gibts koa Und und koa Aber. Bloß dei Muatta sollt net's Troad scho dreschn, bevors g'maaht is, moan i.«

Damit geht sie an die Stalltür, öffnet das Gitter davor, läuft rasch hindurch und hinein ins Haus, hinauf zur Rätin.

Die alte Dame liegt auf dem Sofa in Weinkrämpfen, und Tante Adele bemüht sich, ihr Linderung zu verschaffen.

»Es ist ein Skandal!« wimmert die Rätin. »Es ist unerhört! Wenn das der Assessor erfährt!«

»Na ja, dann erfährt er's halt«, entgegnet Adele gleichmütig. »Übrigens erfährt er's sicher nicht. Wer soll's ihm denn sagen? Und rauskommen tut der sicher nicht nach Berganger. Davor sind wir sicher.«

Die Rätin schluchzt wie ein Kind.

»Daß ich eine solche Schande erleben muß! Läuft mir das Mädchen als Braut Tag für Tag mit diesem Burschen herum, läßt sich von ihm duzen und tut, als wäre sie seine ... seine ... seine Magd ... oder ... seine Geliebte! Die Schande! Das Unglück!«

Rosalie steht schon eine Weile an der Tür. Jetzt tritt sie vor.

»Ja, was gibt's denn? *Was* ist eine Schand? *Was* ist ein Unglück? Daß ich drunten mithelfe? Daß ich gut auskomm mit dem Vater und mit den Kindern? Daß ich ein bißl Lieb empfinde für den Franzl? Mein Gott, Mama! So arg ist doch das Unglück nicht! Was ist denn dabei? Und außerdem ist mir der Franzl viel, viel wertvoller und lieber als mancher Stadtherr!«

Die Rätin schreit auf. Aber Tante Adele drückt ihr eine kalte Kompresse aufs Herz.

»Na, na, na, Schwägerin! Nur nicht gleich so aufgeregt! Nur Ruhe, Ruhe! Ich muß schon auch sagen: Ein gar so großes Unglück wär' es sicher nicht, wenn Rosalie statt ihres adeligen Verlobten den reschen Burschen ...«

»Um Gottes willen! Adele! Kein Wort weiter!« ruft die Rätin und vergißt ihren Herzkrampf »Meine Tochter und ein Bauer! Mein Gott! Wenn das meine armen Eltern erlebt hätten!«

»Dann wärns um vieles leichter gstorbn, glaub ich«, entgegnete ihr Adele lächelnd, »denn dann hättens doch wenigstens die Hoffnung mit ins Grab genommen, daß es dem Mädel sein Lebtag nicht schlecht geht.«

Die alte Dame hält sich die Ohren zu.

»Mein Gott, mein Gott! Was redest du! Die Schande! Die Schande!«

»Schande!« sagt Adele verächtlich. »Schande. I weiß net, was mehr Schand is: wenn die Rosel als die Frau Gemahlin eines leichtsinnigen Adligen Schulden machen müßt, oder wenn sie als angesehene Bäuerin über fünf, sechs Knechte und über grad soviel Mägd 's Regiment führn könnt! – Ich will ja dein'm Assessor gwiß nix weg tun. Aber, wie gesagt: Wenn der Fall eintreten tät, daß der Franzl die Rosel ...«

»Niemals!« ruft die Rätin in höchster Erregung. »Niemals! Solange ich ein offenes Auge habe, gilt unsere Tradition!«
Rosalie steht wie mit Purpur übergossen da und weiß keine Antwort, keine Gegenrede, keinen Trost für die Mutter ... für sich selber ...
Und Tante Adele ist plötzlich so grausam gegen die alte Dame; so ohne jegliches Mitleid und Verständnis für ihre Gefühle! Sie lacht! Lacht, daß ihre altmodischen Ringellocken über den Ohren erzittern, und sie ruft: »Tradition! Sag doch gleich Ahnenstolz! – Und das gute Ding, die Rosel, soll wohl dem ganzen Klimbim auch noch Weihrauch streun und ihr Glück opfern? Nein, meine liebe Schwägerin, das gibt's nicht! Solang ich leb, nicht. Ich weiß genau, was dein Mann, mein Bruder, Gott hab ihn selig, aufm Todbett gsagt hat zu mir: ›Adele‹, hat er gsagt, ›Adele, gib mir aufs Roserl acht! Schau mir auf die Kleine. Laß mir keine Marionette draus machen. Keine Jammerliesl! Sorg du, daß was Gscheits draus wird aus ihr! Und aus den andern! Schaug, daß jede ihr Glück macht‹, hat er gsagt. Bsonders d' Roserl. Also. Bsonders d' Roserl. Was willst denn eigentlich? Was kommen muß, kommt ja doch. Und der ihr aufgesetzt is, den kriegts.«
Aber die Rätin will nichts hören. »Nein, nein, nein!« ruft sie ein übers andere Mal aus. »Und ich dulde es ganz einfach nicht! Rosalie ist die Braut des Assessors, heiratet den Assessor und reist im übrigen am Mittwoch mit mir ab! Soo. Wir wollen sehen, wer hier zu reden hat. Das fehlte mir noch! Meine Tochter mit einem Bauern ...«
Sie steht energisch auf und will an die Tür.
Aber mit einem Schmerzensruf sinkt sie wieder aufs Sofa zurück. Ihre Gicht!
Schon die ganzen Tage her hatte sie Schmerzen gehabt. Aber jetzt, auf einmal, überfällt sie das Leiden mit Gewalt. Und so bleibt ihr nichts anderes übrig, als gebieterisch zu sagen: »Geht! Ich will allein sein!« und darnach wieder weiter zu weinen.
Also verlassen die beiden das Zimmer, Adele vergnügt und selbstzufrieden, Rosalie gedrückt und elend.
Denn sie weiß selber am besten, wie es um sie steht. [...]

Franz hat inzwischen immer überlegt, ob er nicht doch lieber eine Magd zum Melken kommandieren soll; da hört er die Tür der Schlafkammer Rosaliens knarren.

Im Augenblick ist er draußen und steht vor dem verlegen lächelnden Mädchen, das fix und fertig angekleidet ist und leise sagt: »Dei' Muatta is furtg'fahren, und da denk i, es könnt net schaden, wenn i a bißl dazuhilf zur Arbeit. – Wer melcht denn?«

In Franz gärt's und wurlt's: Herrgott ist das ein Maidl! Wär das eine Bäuerin! ...

»I hab mir denkt, d' Nanndl oder d' Lies werd scho melcha«, lügt er vor Verlegenheit, denn er weiß, daß keine von den Weibsbildern, weder von den Töchtern noch von den Mägden, gern melkt.

Aber Rosalie sagt fest: »Dees braucht's net. Nehmt's es nur mit aufs Feld naus, alle. Bloß zum Fuattern soll oans dableiben.« Und so bleibt ihm nichts anderes übrig, als mühsam die übermächtigen, närrischen Gefühle zu unterdrücken und heiser zu murmeln: »Is scho recht.«

Da sie aber so flink über die Stiege hinabtrippelt, packt's ihn aufs neue, und er ist mit ein paar Sprüngen bei ihr.

»I bleib selber da zum Füttern!« sagt er, und mit einem Gesicht, als hätte er eben zwölf Bauern unter den Tisch geschlagen, geht er in den Stall, gefolgt von Rosalie.

Und so beginnt die Rechtsratstochter diesen Tag gleich einer jungen Bäuerin mit schwerer Arbeit.

Aber nicht lange währt es, da kann Franzl sich nimmer bezwingen.

Mittendrin, während sie draußen in der Speiskammer den Rahm und die Milch verwahrt, ist er bei ihr.

»Rosel!«

»Franzl?«

»I muaß dir epps sagn!«

»Was möchtst denn?«

Sie muß achthaben, daß sie nichts aus den Schüsseln danebengießt.

Aber der Bursch weiß sich immer zu helfen.

Auf Ja und Nein hat er ihr die große Kanne aus der Hand gerissen, hat Rosel wild und fest in seine Arme gepreßt und in närrisch auflodernder Leidenschaft geküßt – ein, zwei, drei, ungezählte Male.

Und er nennt sie seine Bäuerin, sein liebstes Weib.

Faßt sie mit seinen Armen und trägt sie hinein in die Stube: ...

»Rosel ... Madl ... mei Madl ...«

Rosalie ist wie betäubt, wie von einem Traum umfangen.

Plötzlich aber besinnt sie sich – erwacht.

»Franzl! Ums Christi Willen! Bist denn du narrisch wordn. I ... und ... du! – Dees gibt a Unglück, Bua! Denk an dei Muatta und denk an die mei ... und ... denk ... daß i ja scho oan ... versprocha bin ...«

Mit einem wilden Aufweinen stößt sie ihn von sich und rennt davon – hinaus in die Tenne – hinauf in den Heuboden. Aber der Bursch ist rasch hinter ihr und läßt sie nimmer aus den Händen.

Und sein Werben um sie wird immer heißer, seine Stimme immer leiser, seine Arme umschließen das erbebende Mädchen, und er hört nicht auf, zu bitten und zu betteln, bis endlich der Widerstand Rosaliens gebrochen, bis sie damit einverstanden ist, ihm anzugehören als sein liebes Weib, seine Bäuerin.

Und da die beiden endlich daran denken, ihr Tagwerk in Haus und Hof wieder aufzunehmen, da lacht ihr Mund und lachen ihre Augen.

Rosalie aber vermeint, die Sonne wär' nie schöner aufgegangen als an diesem Morgen, da der Franzl mitten unterm Füttern einen langen Juchzer ausstößt und sie danach lachend seine Madam Bäuerin nennt.

Und sie denkt, es möcht wohl gut sein, mit dem kernfrischen Burschen hier zu hausen als das, was er sie lachend eben nannte: als Madam Schiermoserin von Berganger. [...]

Der Friede ist also aus dem Schiermoserhof gewichen. Oder vielmehr: der Unfriede.

Die Bäuerin und die Alte sind mit Sack und Pack aus dem Hof und ins Austraghäusl gezogen.

Denn die Schiermoserin hat den Schwur getan: lieber ließe sie sich scheiden, als daß sie mit dem Weibsbild auch nur eine Stunde die Herrschaft teilen würde.

Nun ist es zwar noch lange nicht so weit zwischen Franz und Rosalie.

Wenn auch der Tag, an dem die Rechtsratstochter als Schiermoserin hantierte, bestimmend für die Wünsche und Pläne beider wurde, so hat doch Franz bis heute noch nicht das erlösende Wort gesprochen. Und Rosalie kann trotz aller Liebesbeweise nicht recht froh werden.

Je mehr sie über die Dinge nachdenkt, desto stärker drängt sich ihr die Erkenntnis auf, daß Franz sie doch eigentlich niemals heiraten könne.

Denn, wenn auch der Bauer und seine Töchter ihr wohlgeneigt sind, so empfindet sie doch im Innern eine gewisse Wesensfremdheit zwischen ihr und ihnen.

Der offene Haß aber, mit dem die Schiermoserin und ihre Mutter sie nun Tag für Tag verfolgen, und der Umstand, daß sie die Ursache des Zerwürfnisses der Familie ist, machen sie ganz traurig und bekümmert.

Wenn auch der Bauer augenblicklich über sein Weib noch lacht und das Ganze als eine verrückte Laune betrachtet, so kann doch jede Stunde auch bei ihm die Erkenntnis kommen, daß ein Stadtmädel keine Frau für den Sohn eines Schiermoserbauern ist.

Und ist erst der Alte so weit, so würden wohl die Töchter nur zu bald aus derselben Trompete blasen wie er und die Bäuerin.

Und sie bedenkt, daß sie unter solchen Umständen trotz ihrer Zuneigung für den lieben Burschen wohl nie ganz glücklich werden könne.

Ob dann ein richtiges Heimatsgefühl in ihr aufkommen würde? Ganz gewiß nicht.

Und so beschließt sie in ihrem Innern, den Ratschlägen der Tante Adele nicht zu folgen, sondern auf ihre Mutter zu hören und dem Antrag ein entschiedenes Nein entgegenzusetzen, wenn's auch weh tut.

Daher läßt sie der Schiermoserin etwa eine Woche nach dem Zerwürfnis durch eine Magd sagen, die Bäuerin möge nur wieder zu den Ihren kommen, sie und ihre Mutter verließen in vier Tagen das Haus.

Sie kocht auch nicht mehr, sondern überläßt den Haushalt den Töchtern, die freilich wenig Freude darüber empfinden und lieber draußen bei der Dreschmaschine werken, lachen und scherzen möchten.

Tante Adele ist über diesen plötzlichen Entschluß ihrer Nichte ganz trostlos.

Für sie gab es keinen anderen Gedanken mehr, als daß die beiden Menschenkinder bald ein glückliches Paar würden und daß sie mit ihnen dann eine Heimat hätte, in der sie sich wohl fühlt.

Anders die Rätin.

Die beeilt sich sogleich, unter Tränen der Erlösung und Freude ihre Sachen zu packen und sich für die Abreise zu rüsten.

Denn sie litt jeden Tag noch mehr unter der Befürchtung, ihr Kind an diese Leute verlieren zu müssen.

Ja, sie hatte sich im Laufe der Zeit in einen richtigen Groll gegen Rosalie und die Schwägerin hineingewühlt, hatte sich ganz abgeschlossen von ihnen und blieb nur noch, weil die Befürchtung, ihre Tochter möchte in ihrer Abwesenheit sofort dem Burschen ihr Jawort geben, sie nicht abreisen ließ.

Obgleich Tante Adele bei jedem Wortgefecht, bei jeder Gelegenheit sagte: »Du kannst ja gehen, wenn du nicht gern hier bist, Schwägerin! Ich und Rosel werden aber bleiben! Wir fühlen uns recht wohl hier.«

Und nun muß sie selbst abreisen, diese schreckliche Adele! Die Rätin vergißt vor Freude einen Augenblick, wie unlieb ihr die Schwägerin gerade in den letzten Wochen wurde, als sie so offen für Rosalie warb, beim Bauern – bei den Töchtern – bei Franz.

Und nun kommt doch alles anders – so wie sie selbst es wünscht! Nun wird doch der Assessor ihr Schwiegersohn werden!

Sie denkt gar nicht mehr an die Beschwerden des Packens und schafft und werkt den ganzen Tag, so daß sich endlich am Abend Koffer und Körbe in ihrer Stube türmen.

Und da sie sich am Ende todmüde aufs Bett legt, vergißt sie ganz, wie sonst zu husten und zu klagen über das ungesunde Klima dieser Gegend, sondern sie schläft mit einem zufriedenen Lächeln ein und träumt von einer goldenen Zukunft im Hause ihres vornehmen Schwiegersohnes. [...]

Franz Schiermoser weiß sich weder zu raten noch zu helfen.

Die Liebe zu Rosalie plagt ihn Tag und Nacht und macht den Wunsch nach ihrem Besitz in ihm immer größer.

Anderseits aber ist ihm das Leben im Haus unter den obwaltenden Umständen schier unerträglich.

Daß die Mutter Rosalie als Schiermoserin nicht gelten läßt, findet er ja noch verständlich, daß sie in ihrem Haß aber so weit ging, das Haus zu verlassen und so die Augen der ganzen Nachbarschaft auf sich zu richten – daß sie den Hof durch ihr Tun ins Gerede der Leute brachte, das empört ihn und macht ihn bitter.

Und er kämpft einen harten Kampf mit sich selber, ob er gegen Rosalie nicht doch lieber die Reisertalertochter eintauschen soll.

Aber je länger er darüber nachdenkt, desto unmöglicher erscheint ihm ein Leben ohne das muntere, tüchtige Stadtmaidl, und schließlich faßt er den Entschluß, mit dem Vater ein ernstes Wort zu reden.

Und so sucht er ihn gerade an dem Morgen, da Rosalie der Schiermoserin sagen läßt, daß sie den Hof verlasse, in der Scheune auf und beginnt: »Vata, i hätt' epps z' red'n mit dir!«

Der Alte putzt eben die Maschine nach dem Dreschen und erwidert, ohne seinen Sohn anzusehen: »Muaßt es halt sag'n!«

Franz stellt sich ganz nahe zu ihm: »Heirat'n möcht i.«

Der Schiermoser läßt auch jetzt noch keinen Blick von seiner Arbeit.

»Heiratn möchtst? – Jetz schaugt mir oana den Tropf an! – Heiratn möcht er!«

Er zieht mit großer Aufmerksamkeit eine Schraube der Maschine an.

»Vo mir aus kannst scho heiratn«, meint er dann; »i red dir da net viel ein.« Und mit einem Lächeln fügt er hinzu: »I hab 's, Herrvergeltsgott, hinter mir. I brauch mir die Arbat nimmer aufz'toa.«

Franz untersucht nun gleichfalls verschiedene Teile der Maschine. »Amal muaß 's ja do sein«, meint er dabei; »du wirst aa net in alle Ewigkeit rackern und schinaggln wolln!«

Der Schiermoser greift nach der Ölkanne.

»No ja. Bis jetz ham mir 's no alleweil dermacha könna. Und a Zeitlang kunnt i 's aa no weiter dermacha. Aber balst lieber *du* werklst ...« Er ölt etliche Maschinenteile.

Franz wird's schwer, dem Alten seine Entschlüsse mitzuteilen. Er sucht nach geeigneten Worten. Daß der Vater die Sache gar so leicht nimmt! Gewiß ist ihm nicht ernst damit! Besonders, wenn er hören wird, *welche* die Seine wird!

Und er bringt vorsichtig die Rede auf Rosalie.

»I will di net außeschiabn aus 'm Hof, Vata«, meint er. »I bin froh, daß d' no da bist. Aber i moan, wenn halt a sauberne Bäuerin mitwerkln tat ... oane wie d' Roserl ... a so a richtigs, rieglsams Weibsbild ... verstehst ...«

Ja, ja! Der Schiermoser versteht ihn gut, seinen Sohn! Aber er hat seinen Spaß an der Bedrängnis des Buben. Darum schweigt er ganz still und läßt ihn weiterzappeln.

»Woaßt, Vata, i moan halt, es waar besser, bal a junge Hand da herin regiern tät. Aber dee Weibsbilder da umanand mögen ja allsamm nix mehr toa! Die möcht'n si ja grad in Geldhaufa einesetz'n und zuagschaugn, wie d' Deanstbot'n arbatn! – Woaßt, da waar halt oane wia d' Roserl do scho besser! Die mag do arbat'n! Die hat do a Freid am Sach ...«

»Und an dir aa, wähn i!« fährts dem Schiermoser heraus.

Und da er schon einmal angefangen hat zu reden, so fügt er auch gleich noch hinzu: »No ja – i hab nix dawider, wannst es amal net a so machst wia die andern. I gar net. Aber sie – d' Muatta! ...« – Franzl schiebt nachdenklich den Hut tief ins Gesicht und kratzt sich hinterm Ohr.

»Ja ja ... d' Muatta ... i woaß 's scho ...«

»Daß die net nachgibt, dees kannst dir denka!«

»Ja no ... bals siecht, daß 's do nix hilft ...«

»Naa, dees tuat 's net. Nachgeb'n tuat die gar nia net. Dera ihren Dickschädl kenn i.«

»Aber du kunntst do mit ihr drüber redn!«

»I? Mit deiner Muatta? – Naa, mei Liaba. Dei Muatta kenn i besser. Und die Alt aa. Und solang die Alt schürt, werd dei Muatta net kalt. Und solang die hoaß auf d' Stadtleut is, kannst nix macha. Dessell sag i.«

Franz geht unruhig in der Scheune auf und ab.

»Und i kann ihr amal net helfa: i muaß d' Roserl heiratn. I mag koa anderne.« – Der Alte schmunzelt.

»I hab's a so gwißt. Du müßtest net a Junga von der Altn sein. Da is oans so bockstarri und eignsinni wia dees andere – Aber wia i sag: Heirat's nur, dei Rosel. I red dir nix ei. Bloß mit ihrana Verwandtschaft laß mir mein Fried. Mit dene überspannten Weibsbilder überanand. Denn die machn bloß Unfriedn eina ins Haus ...«

»Und hängen an der Schüssel dro«, ergänzt Franz zustimmend; »na, na. Dees Kreiz tät i mir net auf. Aber daß d'Muatta gar so bockboanig is, dees is mir scho recht zwider. Zwegn dee Leut scho. Weil sich a jeds gähend s' Mäu zreißn wird über ins.«

Aber der Schiermoser macht eine wegwerfende Handbewegung.

»Ah, was! D' Leit muaß ma redn lassen und d' Hund kehlzen,

hoaßt's. Bal sie sich gnug gredt habn, nachher werdn's scho wieder aufhörn. Und die Alt soll bocka, so lang, bis's Hörndl kriagt. D' Hauptsach is, daß si bei dir nixn feit.«

Franz lacht.

»Naa, Vater. Da feit si nixn bei mir! Daß d' Roserl net naa sagt, dessell woaß i – und daß mir zwoa gut mitanand auskemman, dessen woaß i aa.«

»Und sie – d' Rechtsrätin? – Moanst, daß die aa net naa sagt?« – Franz macht eine wegwerfende Handbewegung.

»Die sagt mir guat naa! Auf die paßt ja do neamd auf! D' Rosel net und die alt Frailn net, und i erscht recht net. Die braucht ja net außa z' geh' zu ins Bauern, bal mir ihr net gefallt! Die kann ja zu ihrane andern Töchter geh'. Mir jammern ihr net nach!« Plötzlich fällt ihm aber ein, daß ja Rosalie schon einen Hochzeiter hat, drinnen in der Stadt. Doch diese Erkenntnis betrübt ihn nicht weiter.

»Mit dem andern Stadtfrackn da drinn z' Münka werdn mir scho firti werdn« sagt er zuversichtlich; »er muaß ganz oafach verzichten, bal i da bin.«

Der alte Schiermoser nickt.

»Werd z'erscht koa gscheiter net sei; sinst tat 's Madl besser nache darnach«, meint er, »mir woaß 's ja. Anorts wo a Angstellter halt oder a Beamter oder so epps. Mit dem werst leicht firti. Und mit der Alten aa. Die derf froh sein, daß mir ihra Tochta herlassen auf insan Hof.«

»Dees glaab i aa. Und sie derf ja grad geh', bals ihr net paßt ...« – Der Schiermoser nickt.

»Jawoi. Aber redn muaßt doch mit ihr; zwegn an Heiratgut und zwegn an Kucheiwagn. A wengl a Sach und a Gwand und a Geld soll's einabringa, moan i. Ganz umasinst bist mir nachher do scho net feil! Du net und mei Hof net!«

Der Junge sagt es zu: »Freili red i damit, Vatta«, erwidert er; »herschenka tua i auf koan Fall epps. Bals a net viel is, was 's kriegt; a bissl was is 's doch. – Und zwegn die Leut is 's a besser, bals epps hat. Dees hoaßt: auf d' Leut paß i net auf. Aber redn tua i do mit der Alten. Oder mit der Frailn. Die versteht mi besser.«

Damit rückt er auch schon sein Hütl zurecht und geht hinüber ins Wohnhaus, um Rosel oder ihre Mutter zu treffen; denn er möchte auch das eigene Eisen schmieden, solange es warm ist. [...]

Hinten im Austraghäusl des Schiermoserhofs sitzt die Bäuerin wie eine Kreuzspinne am Fenster und lauert hinter den geblümten Kattunvorhängen, damit ihr nichts auskommt, was vorn im Hof geschieht.

Und so bleibt ihr nicht verborgen, daß ihr Franz Hand in Hand mit dem Stadtfräulein nach der Tenne geht, wo sie ihren Schiermoser an einem Treibriemen herumhantieren sieht.

Lachen und Scherzen dringt zu ihr hinüber und hinein in ihre stille Kammer, darin nur ein paar Herbstfliegen summen und die alte Uhr ihr steifes Ticktack hackt.

Sie ist zusehends alt geworden, die gute Schiermoserin.

Die Trennung von den Ihren, dies tatenlose, hinbrütende Leben taugt ihr nicht und macht sie ganz krank und serbend.

Das Brüllen ihrer Kühe, das Blöken der Kälber, das Gackern der Hennen schneidet ihr tief ins Herz und macht ihr ein Heimweh nach dem Hof und Stall, nach Kuchel und Speis, nach dem gewohnten Tun und Schaffen, daß sie oft vermeint, sie müsse aufspringen und hinüberrennen zu ihren Leuten – zu ihrem Vieh.

Aber da ist ihr Bauernstolz – ihr Bauernschädel, ihr eigensinniger und halsstarriger. Und der läßt es nicht zu, daß sie nachgibt.

»Lieber bis zum letzten Schnaufer und Seufzer hier am Fenster hocken und Trübsal blasen, als mit der da drüben in einem Haus zusammen leben!« denkt sie.

Und ihre Mutter bestärkt sie noch täglich und stündlich in ihrem Starrsinn und Haß. Der alte taube Vater freilich mag nichts wissen von Zank und Streit, von Hader und Verdruß. Auf ihn hört man aber nicht. Und um des lieben Friedens willen tut er scheinbar, wie die beiden wollen.

Im geheimen aber geht er noch oft hinüber in Stall und Tenne, ins Haus und in die Stadel und bastelt und hantiert wie sonst.

Und da er taub ist, so trägt er weder seinem Weib und seiner Tochter etwas zu noch denen vorn im Hof. Für ihn ist die Welt schön und gut, so wie sie gerade ist, und er begreift nicht, daß die Leut' darin nicht Platz haben.

Er liebt Mensch und Vieh und kennt auch nicht den Unterschied zwischen Stadt und Land, denn er kam nie aus seinem Heimatgau hinaus. Alle aber, die ihm innerhalb desselben in den Weg treten, begrüßt er mit fröhlichem Gruß. Denn er hört nicht den Gegengruß, klingt der nun kalt oder warm, herzlich oder abweisend, spöttisch oder teilnehmend. Und so hat er auch für Rosalie jedesmal ein Scherzwort, ein freundliches Lachen, ein wohlwollendes Kopfnicken. Darnach macht er sich zufrieden wieder davon. –

Die Schiermoserin hat derweil von ihrem Fenster aus die Rätin reisefertig aus dem Haus gehen sehen, und sie sucht vergebens nach einer Lösung dieses Rätsels.

Denn etwas Besonderes muß da wohl vorgefallen sein, daß sie so mittendrin davonläuft! Aber was?

Am Ende ist die Junge bloß zum Pfüatgottsagen mit dem Buben in die Tenne?

Sie wollten ja doch morgen schon reisen, sagt die Barbara.

Vielleicht wird doch das Haus bald wieder rein von dieser Stadtbrut, von dieser ganz gefährlichen!

Da kommt auch das alte Fräulein aus der Haustür.

Aber ... die geht ja auf das Austraghäusl zu!

Die wird doch nicht gar zu ihr wollen?

Die Schiermoserin rückt unruhig auf ihrem Sessel hin und her und reckt sich schier den Hals aus vor lauter Schauen. Wahrhaftig! Die kommt pfeilgerade ins Haus herein!

Was sie wohl will von ihr?

Die Stimme gehorcht ihr kaum, da sie auf das Klopfen eine Antwort geben will. Aber sie strafft sich unwillkürlich zur Höhe und sitzt kerzengerade, als die Tür langsam und knarrend aufgeht und Tante Adele mit einem lebhaften: »Ja, grüaß di Good, Schiermoserin!« in die Kammer tritt.

Rauh erwidert sie bloß ein kurzes: »'ß Good aa.«

Dann wartet sie mit krampfhaft zurückgedämmter Neugier auf das, was kommt.

Und Tante Adele läßt sich nicht lange bitten, die redet frei von selber und sagt, was sie auf der Leber hat.

Und da sie die Gesinnung der Schiermoserin kennt, so beschränkt sie sich dabei auf das Notwendigste.

»Also, Schiermoserin«, sagt sie, »daß i dir's z'wissen mach: Unser Roserl und euer Franzl hab'n in sechs Wochen Hochzeit. – Sie kriegt sechzehntausend Mark bar's Geld und ihre Aussteuer. Außerdem laß i ihr an sauber'n Kuchelwag'n zuricht'n. Balst gern z'sammhaus'st mit ihr, is's uns recht – wenn net, nachher machts aa nix. Nachher wirds alloa aa firti drent. Soo und jetz hab i no unser Schuldigkeit für d' Sommerfrisch' zu bereinigen, und nachher geh' i wieder.«

Damit legt sie ein paar Banknoten auf den Tisch, läßt die Schiermoserin in einer sprachlosen Betäubung und Wut zurück und geht langsam die Stiege hinab und hinüber zum Bauern in die Tenne, um auch ihm zu sagen, daß Rosalie nicht das arme Maidl wär', für das man sie etwa halte.

Und am Abend dieses Tages, nachdem sie noch alles für die Abreise zurecht gemacht hat, legt sie sich zufrieden in ihre Kissen zurück und murmelt: »Soo. Das Nest hätt'n wir gerichtet. Hoffentlich sitzen sie gut, die zwei!« [...]

Assessor von Rödern wundert sich schon seit geraumer Zeit, daß seine Braut so gar nichts mehr von sich hören läßt.

Außer ein paar nichtssagenden Kartengrüßen hat er von Rosalie nichts erhalten, was ihn irgendwie ihrer Zuneigung hätte versichern können.

Die Rätin allerdings schrieb fleißig.

Aber ihre Briefe sind stets von einer schwulstigen Schönrederei, von einer so unangenehm geschraubten Art, so gedrechselt und so gewunden, daß er sich am End nicht mehr darin zurechtfinden kann.

Was nützen ihm all die Redensarten der Mutter, wenn die Tochter nicht jene Worte findet, die man als Verlobter doch schließlich beanspruchen kann!

Ist er denn nun eigentlich Bräutigam oder ist er's nicht?

Er will sich Klarheit schaffen. – Sofort.

Und so findet ihn der leuchtende, schier sommerliche Oktobersonntag, an dem bei den Bauern Kirchweih ist, auf dem Weg nach Berganger.

Er hat noch einen Freund dazu eingeladen, und sie wollen zugleich eine kleine Wanderung durch den Herbst mit dieser Reise verbinden.

Es ist bald um die Stunde des Abendessens.

Die Lust und der Trubel des Kirchweihtags ist aufs höchste gestiegen; der dritte, – vierte Banzen wird angezapft, und die Kirchweihschaukel beginnt zu quieksen und zu knarren bei jedem Schwung.

Franz Schiermoser hat mit dem Oberknecht das Treten der Hutsche übernommen.

Und Rosalie sitzt nun gleich den Töchtern und den andern Mädchen auf dem Brett, lachend und voller Übermut.

Da kommen zwei Wanderer des Wegs, schauen verwundert auf die Szene und nähern sich langsam, angezogen von dem Lärmen und Lachen und der Musik, der Tenne.

In diesem Augenblick gibt Franz Schiermoser das Zeichen zum Halten.

Die Burschen springen hinzu, halten die Schaukel an und bemächtigen sich der schreienden Dirnen.

Und auch Franz springt herunter vom Brett, hilft Rosalie herab, wirbelt sie etliche Male im Kreis herum und hebt sie darnach juchzend in die Höhe.

Draußen vor dem Tor steht der Assessor mit seinem Freunde.

»Indianerfreuden!« sagt dieser mitleidig; »Sie sind doch noch Wilde, diese Bauern!«

Der Assessor will antworten.

Da erkennt er Rosalie.

Sieht, wie Franz Schiermoser sie in den Armen hält, küßt, mit ihr tanzt, sie wegführt!

Da wendet er sich schweigend ab und folgt dem Freunde.

Etliche Tage später empfängt Rosalie einen Brief, der weiter nichts enthält als die Worte: »Ich betrachte unsere Verlobung als gelöst. von Rödern.«

»Na also!« sagt Tante Adele. »Es geht doch alles, wie es gehen soll. Morgen fahren wir zurück in die Stadt und rüsten den Brautwagen!« [...]

Die Hochzeit und der goldene Tag des jungen Schiermoserpaares sind vorüber.

Es war ein einfaches, stilles Heiraten, ohne Prunk und Lärm, ohne Gevatterschaft und Wirtshaus.

Aber es war trotz alledem ein schöner, heiterer Tag, und die Schiermoserin samt ihrer Mutter barsten schier vor Wut und Verdruß, da sie von ihrem Fenster aus zusehen mußten, wie sich der ganze Hof freute und vergnügte, wie die Knechte die Zither traktierten und die Paare lustig in der Stube herumwirbelten.

Der alte Großvater war trotz seiner Taubheit auch dabei und konnte danach die halbe Nacht nicht aufhören, die Schönheit dieser Hochzeit zu loben und zu preisen, so daß die Alte endlich ganz außer Rand und Band geriet, ihm alles, was auf ihrem Nachttischchen lag, an den Kopf warf und schrie: »Staad bist mir jetzt guatwillig, Tropf, elendiger! I will nix wissen von dera Sippschaft!«

Worauf der gute Alte ganz verwundert den Kopf schüttelte, die Zudecke über das Gesicht zog und einschlief.

Rosalie ist also jetzt Schiermoserin – oder, wie das Dienstvolk sie nennt: Madam Bäuerin.

Nicht etwa aus Spott oder sonst einem üblen Grund wird sie so genannt.

Nein.

Sie sah am Tag ihrer Hochzeit in dem schneeweißen Seidengewand und dem feinen Schleier so gut und vornehm aus, daß der Schiermoser mittendrin das Glas erhob und zu den Versammelten sagte: »Buam und Deandln, i sag enk dös: A schönerne Frau und a liaberne Bäuerin kriagt koaner mehr als insa Franzl. Drum sag i enk: Stößts mit mir o auf a glücklichs Lebn und auf an guatn Gsund von insana liabn Madam Bäuerin! Sie soll lebn!«

Damit war das Wort geprägt, und wenn nun ein Knecht oder eine Magd etwas fragt oder berichtet, verlangt oder erbittet, so beginnt ein jedes seine Red' mit diesem Wort: »Madam, i tät fragn ... Madam, i muaß sagn.«

Und seltsam, Rosalie und Franz empfinden diese Anrede weder unrecht noch verletzend.

Das Wort kommt aus gutem Gemüt und begegnet wieder gutem.

So geschiehts, daß sowohl der alte Schiermoser wie auch Franz selber dem Dienstvolk gegenüber nicht von der Schiermoserin oder von der Bäuerin reden, sondern nur von der Madam.

Daher kommts, daß auch drüben im Kirchdorf und drunten im Markt die Geschäftsfrauen und Handwerker diese Anrede gebrauchen.

Freilich, so harmlos und ohne Ränke, wie auf dem Schiermoserhof, ist es wohl kaum gemeint, wenn die Bäckerin in einem Ton, so süß wie ihre Zuckerbrezeln, sagt: »Recht guatn Tag, Madam Schiermoserin! Was geht ab, was darfs sein?«

Oder wenn die Postwirtin sich erst die feiste Hand an die Küchenschürze wischt, ehe sie dieselbe Rosalie darreicht mit den Worten: »Jessas, d' Madam Schiermoser! A kloans bisserl, Madam! – Muaß grad no gschwindse meine Finger a weng abwischn, bevor i Eahna guatn Tag sag, Madam! Soo ... I hab halt die Ehr, Madam Schiermoser; i hab die Ehr ...«

Doch macht sich Rosalie nur wenig daraus.

Sie ist so zufrieden und glücklich als Bäuerin und als ihres Franzen Hausfrau, daß sie nur auf ihn hört und auf dessen Vater.

Freilich tut sie sich nicht allzu leicht in ihrem neuen Stand; sie, das Stadtmädl, weiß halt doch nicht so in allem bäuerischen Brauch und Tun Bescheid.

Da ihr aber die Schwägerinnen und das Dienstvolk getreu zur Seite stehen, arbeitet sie sich rasch ein und merkt gut auf bei allem, was ihr neu ist.

So leben die beiden jungen Leute glücklich in ihrem Heimatl, und mit ihnen freut sich jeden Abend auf den nächsten Tag ihr Vater, der Schiermoser.

Nur sie, die Schiermoserin, will nicht teilhaftig werden des Glückes ihres Sohnes.

Wie eine Nachteule verkriecht sie sich in ihrem Häusl, lebt einsam und trüb dahin und hofft auf ein baldiges Abscheiden gleich einer alten, müden Spitalerin.

Aber sie muß leben.

Ein untätiges, freudloses Leben; noch verdüstert von schwarzen Gedanken der Rachsucht und des schwergekränkten Bauernstolzes.

Und sie bohrt sich immer tiefer hinein in ihren Groll und Haß und schließt sich auch von der übrigen Welt ganz ab und geht zu guter Letzt nicht einmal mehr in die Kirche.

Die alte Großmutter liegt schon seit Wochen krank danieder.

Aber während sie früher selbst bei schweren Leiden das Bett haßte und sich so schnell als möglich wieder aufraffte, liegt sie jetzt still und ergeben und seufzt ein übers andere Mal: »Es is nix mehr auf der Welt, bal der Mensch alt und unnütz wird. Die Jungen ham koa Religion und koa Sittsamkeit nimmer, die kümmern sich um koan Brauch und um koa Ehr ... ah was ... dees Beste wär, man könnt d' Augen zuamacha und nimmer auftoa in alle Ewigkeit!«

Und da eines Tages ihren alten tauben Eheherrn der Schlag trifft und man ihn hinausträgt zum Hoftor, da bricht sie ganz und gar zusammen, und kaum einen Monat danach muß die Schiermoserin auch ihre Ewigkeitstruhe mit den Blumenstöcken des Austraghäusls schmücken und sie hinabgeleiten zum Gottesacker.

Da wird es ganz seltsam still und leer in ihr.
So still und leer wie in dem Häusl.
Und sie wird mürb und klein, verzagt und lebensmüde in dieser Einsamkeit.
Und ihr Morgengebet gleicht ihrer Abendandacht und klingt aus in die Bitte: »Herrgott im Himmel, erlöse mich von dem Übel meines Daseins. Amen.«

Ein Jahr ist um seit der Hochzeit des jungen Schiermoser und seiner Rosalie.
Und da es wieder um die Zeit ist, in der man für die Weihnacht das Kletzenbrot backt und die Krippe in der Hauskapelle aufstellt, da spannt der Schiermoser eines Morgens in großer Eil das Füchsl vor das Gänwagerl und fährt wie der Teufel hinaus zum Tor und hinab nach Glonn zur Kindlfrau.
Denn Rosl, die Madam, will sich dazu richten, ihrem Franz ein kleines lebendiges Christkindlein in die altehrwürdige Bauernwiege zu legen.
Das ganze Haus ist in Aufregung; am meisten aber zieht's den jungen Bauern an den Nervensträngen.
Denn draußen im Stall liegt die Blaß im Kalben, und der Rappe tobt an einer schweren Kolik.
Und nun kommt Barbara, des Bauern Schwester, und schreit: »Schnell! Gschwind! Einspanna! D' Steckareiterin holn! Insa Madam richt' si!«
Der Schreck! Die Freude! Die Angst!
Hei, da schwirren die Befehle!
»Hans, kümmer dich ums Rappel! – Lies und Sepp, ös bleibts mir bei der Blaß! Der Bua und d' Nandl solln enk helfa, bal 's Kaibe kimmt! – Vata, geh, balst du glei zu der Kindlin fahrn tätst? Eppan kunntst glei a Flascherl Wein für d' Rosl mitnehma und an Met! – Bawettei, geh, kümmer dich um sie! – Und d' Mariedl kann in der Kuchel Wasser hitzen und 's Essen richten!«
Und während alles rennt und läuft, werkt und sorgt, zieht droben in der Kammer die junge Bäuerin die Vorhänge zu, schiebt die Wiege zu ihres Bettes Füßen und steckt ein winziges Hemdlein in die Ärmelchen eines gestrickten Jäckleins.
Barbara kniet vor dem alten Sesselofen und schürt ein schweres Holzscheit ums andere hinein und tröstet dazwischen mit lieben

Worten die leise jammernde und betende Schwägerin. Eine, zwei Stunden gehen um.

Drunten im Hof und Stall rennen und laufen Knechte und Mägde, werkt der Tierarzt und brüllt das Vieh – in der Kuchel kocht das Wasser und dampft der Kindelbraten – und droben hält Franz seine liebe Bäuerin im Arm und schaut leichtlich hundertmal aus dem Fenster, ob der Vater noch nicht bald mit der Kindlin käm.

Drüben im Austraghäusl aber steht die Schiermoserin hinter dem Vorhang und starrt auf die Straße hinaus, wo sie ihren Schiermoser vorhin mit dem Fuhrwerk dahinstürmen sah. Was mag nur los sein drüben im Hof?

Ein seltsamer Druck legt sich ihr auf die Brust.

Sie will ihn abschütteln.

»Werd scho epps sei!« sucht sie sich selbst zu beruhigen. »Was geht's denn mi an! – I ghör nimmer zu dene.«

Aber da hört sie den Rappen schlagen, toben und wiehernd stöhnen. Sie sieht den Tierarzt kommen und gehen.

»Ah was! – Dees geht mi nixn o. – Werd scho was sein. Was kümmerts mi?«

In diesem Augenblick fährt der Schiermoser in den Hof; und neben ihm sitzt die alte Steckenreiterin, die schon ihren Franz und die Barbara und die Mariedl geholt hatte damals, als sie noch selber glückliche Schiermoserbäuerin war.

Also gibt unser Herrgott dieser Ehe doch seinen Segen?

Es kommt wieder ein kleines Reislein aus dem Schiermoserstamm? Die Alte greift sich an die Kehle.

Wie hart sie sich doch heute schnauft!

Sie öffnet das Fenster.

Aber da dringt das Schreien der Knechte und Mägde, das Brüllen der Kuh zu ihr in die Kammer.

Sie schlägt das Fenster wieder zu.

Doch sie hat keine Ruhe.

Wieder muß sie mehr Luft haben.

Sie wankt mit bebenden Knien hinaus vors Haus.

Da dringt der jammernde Schrei ihrer Schwiegertochter zu ihr.

Sie hält sich die Ohren zu.

Ihr Sohn, der Franz, stürmt die Stiege herab und hinunter in den Stall.

Aber gleich darauf rennt er schon wieder ins Haus, und man hört

ihn befehlen: »'s Badwasser herrichten! Und warme Windln! – Habts an Trank für d' Blaß?«
Also wirklich kehrt der Segen Gottes ein in Haus und Stall ihres Hofs!
Und sie steht da unter ihrer Haustür, gleich einer Fremden, Ausgestoßenen! Ein hartes Weinen kommt sie an.
Aber sie würgt es hinab und bekämpft die weiche Regung ihres Gemüts.

Der Rappe liegt ermattet, aber gerettet auf seiner Strohschütte.
Und vorn bei den Kühen steht die Blaß und schaut besorgt nach ihrem Kälblein, das eigensinnig immer wieder aufzustehen versucht, obgleich es seine Vorderbeine noch nicht tragen.
Da schleicht sich eine Gestalt scheu in den Stall.
Die Schiermoserin.
Und sie geht langsam von Kuh zu Kuh, von Ochs zu Ochs, streichelt die Rösser und tätschelt die Kälber und geht endlich leise und zaghaft hinüber ins Wohnhaus.
Droben in der Kammer kämpfen Furcht und Hoffnung, Schmerz und Trost ihren harten Strauß.
Der Schiermoser und sein Sohn rennen planlos durchs Haus; da schleicht die alte Bäuerin zur Stiege hinauf.
Die beiden Männer durchfährt der nämliche Schreck.
Und sie stoßen beide zugleich die Frage hervor: »Was möcht'st?«
Franz aber ist mit zwei, drei Schritten bei ihr.
»Muatta! – Balst epps möcht'st – kimm morgn! – Sie kann di net braucha jetz! Sie soll koan Verdruß habn!«
In diesem Augenblick mischt sich droben ein feines kreischendes Stimmlein in das Weinen der jungen Schiermoserin. Und die Barbara ruft voller Freud durchs Haus: »An Buam ham mir!«
Da vergißt Franz auf die Mutter – und der Schiermoser auf sein Weib – und sie rennen hinauf und hinein in die Kammer, wo sie in ihrer derben, unbeholfenen Art sich Mühe geben, zart zu dem Kindlein zu sein und zu seiner Mutter – wo sie die Stimme zu einem heiseren Flüstern senken und mit dem Ärmel immer wieder über die Augen wischen, damit man nicht sehen möcht', was sie bewegt.
Drunten in der Kuchel aber hat die Schiermoserin ihrer Tochter

den Kochlöffel aus der Hand genommen und sagt: »Geh auffe und schaug dir's Büaberl o. I koch scho weiter.«

Und am Christtag, da die Taufe des jüngsten Schiermoserreisleins stattfindet, da sitzt sie in ihrem größten Festtagsstaat in der neuen Kutsche, trägt selber das Büblein auf dem Prunkkissen zum Taufkessel und zeigt der staunenden Gemeinde ihr freudestrahlendes Gesicht.

Und da das alte Jahr zur Neige geht und das neue sich zum Kommen schickt, da nimmt sie ihre Schwiegertochter bei der Hand und sagt: »Wenns dir recht is, Rosl, nachher mach i Kindsdirn. Und bals dir sonst dick eingeht mit der Arbeit, nachher sagst es.« Indem sie noch redet, kommt der alte Schiermoser dazu und ruft: »Jetz da schau her! Jetz is richtig no aus dera Dreifaltigkeit a Dreieinigkeit wordn! Was a solches Christkindl doch alles zwegn bringt. Aber in Gottsnam! D' Hauptsach is, daß i wieder an Schlafkamerad hab und der Hof an Stammhalter, für dees ander werd nachher der Bua scho sorgn und sei Madam.«

Und die junge Schiermoserin sagt fröhlich: »Amen, Vater.«

Aus »Madam Bäuerin«

Nachwort

Was Lena Christ und mich betrifft, wir kennen uns schon eine ganze Weile. Ich habe als Schülerin ihre »Erinnerungen einer Überflüssigen« gelesen und einen Kloß im Hals gespürt. Und Wut. Wie kann ein wehrloses kleines Mädchen eine so monströse Mutter haben, die ihre Tochter ausnutzt, demütigt, misshandelt und verflucht? Wie grausam muß eine Gesellschaft sein, die dagegen nichts unternimmt, das Kind nicht beschützt. Als sie in die Ehe mit einem Nichtsnutz gedrängt wird, der bald ihr Hochzeitsgut durchbringt und die Familie in bitterste Armut stürzt, als er sie vergewaltigt und schlägt, ist niemand da, der sie gegen die brutale Gewalt des Mannes verteidigt. Erst als man sie ins Schwabinger Krankenhaus einliefert, physisch und psychisch am Ende, ist es der leitende Arzt Professor Kerschensteiner, der dafür sorgt, daß sie gesund gepflegt wird. Und es geschieht, was niemand für möglich gehalten hätte, am wenigsten Lena Christ selbst: Sie beginnt auf Anregung ihres späteren Ehemanns Peter Jerusalem ihre Erinnerungen aufzuschreiben, und das ist der Beginn einer erstaunlichen schriftstellerischen Karriere. Lena Christ entwickelte sich zur größten bayerischen Schriftstellerin ihrer Zeit. Sie wurde in zahlreichen Rezensionen deutschlandweit neben Ludwig Thoma genannt. Der letzte bayerische König lud sie bei Hofe ein, sie war so bekannt, daß eine Postkarte mit der Adresse »Frau Christus, München«, zugestellt wurde.

In all ihren Romanen und Erzählungen beschreibt sie hellsichtig und sanft ironisch die Liebe in ihren unterschiedlichsten Spielarten. Sarah Camp und Monika Manz haben für diesen Band eindrucksvolle Passagen ausgewählt. Aus »Mathias Bichler« stammen die Textstellen, in denen Lena Christ voller Wärme und Mitgefühl den bitteren, lebenslangen Kampf des Mathias um seine Kathrein schildert. Unnachahmlich ist die schlitzohrige »Rumplhanni« gezeichnet, die ein dickes Stück vom Lebenskuchen abhaben will, obwohl die bäuerliche Hierarchie sie in der Magdkammer abzustellen droht. Witzig ist auch, wenn Lena Christ in ihren »Erinnerungen« die Bewerber um ihre Hand, die eher das Hochzeitsgut als die junge Braut im Auge haben, mit wenigen Sätzen charakterisiert. Nur zu gern folgt man ihr auch auf den Schiermoserhof, wo die »Madam Bäuerin«, eigentlich für einen Adligen gedacht, sich den Schiermoser-Erben Franz angelt, den sie sich in den Kopf gesetzt hat.

Aus jedem Text von Lena Christ spürt man, daß sie ihre Heimat geliebt hat – und die Bayern. Ganz besonders die Menschen vom Land. Obwohl sie von denen nicht viel Liebe erfahren hat. Ebenso wenig in ihren beiden Ehen. Als sie, dreißigjährig, zum dritten Mal umworben wird, diesmal von einem jungen Künstler, verliebt sie sich zum ersten Mal so leidenschaftlich, daß sie alles um sich herum vergißt. Sie glaubt ihm offensichtlich seine Liebesbeteuerungen, spürt auch diesmal nicht, daß der hübsche Junge, der kriegsverletzt ist und kein Einkommen hat, sich von der berühmten Schriftstellerin ein angenehmes Leben erhofft. Zudem ist der Krieg noch nicht lange beendet, das Land lebt im Chaos,

Lenas Geldmittel sind bald aufgebraucht. Sie will aber ihren Liebsten behalten, koste es, was es wolle, und so fälscht sie ungeschickt Bilder und verkauft sie an Fabrikanten, die ihr Geld vor der Steuer in Sicherheit bringen wollen. Der Schwindel fliegt auf, und Lenas Ehemann, aus dem Krieg zurückgekehrt, erfährt von seiner Frau, daß sie ihren Liebsten nicht aufgeben will. Doch der ist längst entschlossen, zur nächsten bemittelten Dame weiterzureisen, und Lena steht alleine da, als ihr ein Prozeß droht. Von ihrem Ehemann mit Gift versorgt, wählt sie den Freitod auf dem Münchner Waldfriedhof. Sie ist erst 38 Jahre alt, und die Friedhofsarbeiterin ist erschüttert über ihre Schönheit, die auch der Tod nicht auslöschen konnte. Ebenso wenig ist ihr Name vergangen. Lena Christ ist auch heute noch die größte bayerische Dichterin, und auch der vorliegende Band wird dazu beitragen, daß ihr Witz, ihre leuchtende Sprachkraft, die Zeit überdauert. Ich jedenfalls kann ihre Texte wieder und wieder lesen. Sie haben mich bislang durchs Leben begleitet, und ich bin jedes Mal aufs neue erfrischt. Gelangweilt habe ich mich bei der Lektüre noch nie.

Asta Scheib

Inhalt der Werke

Erinnerungen einer Überflüssigen (1912)

Die »Erinnerungen« sind die literarisch verarbeitete Autobiographie von Lena Christ. Die Autorin schildert darin ihre zunächst glückliche Kindheit, die sie bei den Großeltern in Glonn, einem Ort südöstlich von München, verlebt. Die sorglose Zeit weicht einem harten Leben, als das Mädchen von seiner Mutter, der »Münkara Muatta« in die bayerische Landeshauptstadt geholt wird, wo es in der Gastwirtschaft des Stiefvaters arbeiten muß. Es folgt eine Zeit schwerer Mißhandlungen. Das Verhältnis zwischen Mutter und Tochter bleibt zeitlebens ein angespanntes, von Haßliebe geprägtes. Die frömmelnde Mutter schämt sich des ledigen Kindes, die Tochter buhlt trotz der schlechten Behandlung um die Gunst der Frau. Die 17jährige Lena flüchtet schließlich vor den Zuständen in ihrem Elternhaus in das »Kloster Bärenberg«, wo sie aber auf Bigotterie und Kaltherzigkeit stößt und deswegen auch hier ihr Glück nicht findet. Auch die Flucht in die Bürgerlichkeit, in die Ehe mit Benno Hasler, ist zum Scheitern verurteilt. Hasler trinkt, schlägt seine Frau, führt schließlich mit Bauspekulationen auch den sozialen Abstieg herbei. Mit dem Tiefpunkt im Leben der Lena Christ enden die »Erinnerungen«.

»Doch das Leben hielt mich fest und suchte mir zu zeigen, daß ich nicht das sei, wofür ich mich gehalten, eine Überflüssige.«

Mathias Bichler (1913)

In einer Nacht während des Viehmarktes finden die Weidhoferin und ihr Mann ein Findelkind vor ihrer Haustür. Zusammen mit den anderen fremden Kindern, die sie schon im Haus haben, ziehen sie den Jungen auf – und nennen ihn Mathias Bichler. Der Kleine wächst heran und zeigt so viel Temperament, daß man gelegentlich vermutet, er sei ein »Zigeunerbalg und von teuflischen Gauklern«. Als Mathias schwer erkrankt, wird er im Haus der alten Irscherin, der Waldhexe, gepflegt und lernt dort deren Ziehkind, das Kathreinl, kennen. Von da an verehrt er das Mädchen. Nach dem Tod der Irscherin bringt Mathias das Kathreinl mit in seine Pflegefamilie. Die beiden Kinder bleiben ein Leben lang Freunde. Bei der Hochzeit des Kathreinl brennt der große Hof ab, und die beiden Zieheltern kommen ums Leben. Mathias, der seiner körperlichen Schwäche wegen niemals ein guter Knecht werden wird und den niemand haben will, wird gegen ein lächerliches Gehalt als Kuhhirte auf die Alm genommen – ausgerechnet vom Ehemann des Kathreinls. Mathias aber will in dem Haus seiner Freundin keine niederen Dienste tun. Er flieht und versucht, woanders sein Glück zu machen. Mathias Bichlers Wanderjahre beginnen.

Die Rumplhanni (1916)

Johanna Rumpl, das ledige Kind eines Pfannenflickers und einer »Hergelaaffenen« – einer »Dahergelaufenen« –, arbeitet als Magd auf einem Bauernhof. Daß sie in der bäuerlichen Rangordnung ganz unten steht, gefällt der ehrgeizigen jungen Frau gar nicht. Nach oben will sie, nach ganz oben, ihr ganzes Streben ist darauf gerichtet, dem verhaßten Dienstbotendasein zu entkommen. Um das zu ereichen, greift sie auch zu unlauteren Mitteln: Simmerl, dem Sohn ihres Dienstherrn, täuscht sie eine Schwangerschaft vor und ringt dem 1914 in den Krieg Ziehenden damit das Eheversprechen ab. Anschließend bezirzt sie auch den Altbauern und hofft damit, ihm die Zusage für die Hofübergabe zu entlocken. Als der Bauer ihr Vorhaben erkennt, jagt er die Magd vom Hof. Hanni landet als »aufgegriffenes Frauenzimmer« in einem Münchner Gefängnis und anschließend in einer heruntergekommenen Herberge in der Münchner Au. Im »Martlbräu« verschafft sie sich durch ihre Tüchtigkeit Ansehen, wird bald unersetzliches Küchenmädchen und verfolgt weiterhin ihren großen Lebenstraum: »A Haus – und a Kuah – und a Millisupperl in der Fruah!«

Bauern (1919)

Die Wildmoserbäurin hat genug von ihrem Ehemann. »Aus der Haut kunntst fahrn mit dem Mannsbild!« klagt sie – und beschließt kurzerhand in die Stadt zu fahren und sich scheiden zu lassen. »Hast an Grund aa?« fragt der Anwalt, und weil die »Kommandiererei« des Gatten kein wirklicher Grund sei und sich die Scheidung über ein Jahr hinziehen würde, bleibt die Wildmoserin dann doch lieber bei ihrem grantelnden Bauern.
»Die Scheidung« ist eine von 17 »Bayerischen Geschichten« aus Lena Christs Band »Bauern«. In den miniaturhaften Erzählungen über den »Steinriegerbauern«, den »Räuber Blasius« oder die »Ostereier des Reiserbuben« beschreibt Christ das ländliche Leben und die bäuerliche Bevölkerung ganz besonders anschaulich.

Madam Bäuerin (1919)

Die verwitwete Rechtsrätin Scheuflein verbringt seit Jahren mit ihrer Tochter Rosalie und ihrer Schwägerin Adele die Sommerfrische bei den Schiermosers in Berganger. Die Bauern sind von dem regelmäßigen Besuch nicht begeistert, vor allem, weil die »verhungerten Städter den Schmalzhafen, die Mehltruhen leer fressen«. Doch das Geld, der kleine Nebenerwerb, der sich mit den Stadtleuten einstellt, läßt die Gastgeber jedes Jahr wieder über die Unannehmlichkeiten hinwegsehen. Diesen einen Sommer allerdings bahnt sich größerer Ärger an: Franz, der Sohn des Hauses, und Rosalie finden Gefallen aneinander, und bald schon tratscht das halbe Dorf über die Verlobung des Schiermoser Franz mit der feschen Dame aus der Stadt. Die Mütter sind entsetzt – die Schiermoser Bäuerin, weil sie ihren Sohn lieber an der Seite einer wohlhabenden Landwirttochter sehen würde, die Rechtsrätin, weil Rosalie eigentlich ja einem Herrn aus der Stadt versprochen ist. Doch am Ende siegt die Liebe – und der Schiermoser Franz macht Rosalie Scheuflein zu seiner Frau, zu seiner »Madam Bäuerin«.